二《に》人《にん》道成寺

近藤史恵

角川文庫
20733

目次

一　小菊　八
二　実――一年前――　三一
三　小菊　四〇
四　実――半年前――　六六
五　小菊　九一
六　実――半年前――　一一五
七　小菊　一三四
八　実――半年前――　一六四
九　小菊　一八六
十　実　一九八
十一　真実　二〇六
終幕――数ヶ月後――　二二一
もし歌舞伎が好きでなかったら
――あとがきにかえて　二二五
角川文庫版あとがき　二三三

恋路の闇《やみ》に迷うた我が身、道も法も聞く耳持たぬ。もうこの上は俊徳《しゅんとく》様、何《いず》れへなりとも連れのいて、恋の一念通さでおこうか。邪魔しやったら蹴殺す。

――摂州合邦辻――

実《みのり》。こんなメールばっかり、何度も送ってごめん。

でも、だれに相談すればいいのかわからないし、黙っていると、頭の中でなにかがどんどん肥大していって、叫びだしたいような気持ちになるの。

こんなことは、生まれてはじめて。

今まで、何度か、人を好きになって、つきあったり、別れたりしてきたけど、そんなことは、全部ただの思いこみだったんだって、気がついたの。

映画やドラマを見て、同じことが自分にも起こるような気がして、それで、適当な人を好きになったような気分になって、映画や小説の登場人物と同じ行為をなぞっていただけ。

こんなに違うなんて思わなかった。

あの人のことを考えると、背筋ががたがた震えてきて、気分が悪くなって、吐きそうになる。

笑わないでね。本当なんだから。

それじゃ、好きなんじゃなくて大嫌いみたいって言われたけど、もしかしたら、それに近いのかもしれない。

近いのかもしれないけど、それでもやっぱり好きで、あの人のことしか考えられなくて、頭が焼け付くように熱くて、このままじゃ熱が出て壊れてしまいそう。

あの人のそばにいる間は、息が詰まりそうで、いつ倒れてもおかしくないくらい頭が真っ白で、ただ、時間だけがものすごい速度で流れていくの。

どうしよう。本当に、どうすればいいのかわからない。

ねえ、実。わたし、なんだか悪いことが起こるような気がする。

だって、こんなに好きになってしまったんだもの。きっと、よくないことが起こる。

たとえ、わたしが、だれにもこのことを黙っていて、そうしてわたし以外のすべての人が気づかなくても、なにか悪いことが起こる。そう思うの。

そうでなければ、この、なにもかも押し流してしまうような感情は、いったいどこに行くの?

一　小菊

　忠臣蔵である。

　ある名優が若かりし日、いきなり代役を言い渡された。五、六段目の勘平《かんぺい》という大役で、開演までに数時間しかない状況だったという。さすがに真っ青になって、彼は他の人に代わってもらうようにと頼んだ。

　勘平は勉強会ですら演じたことがない。いきなりなんて、とても無理だ。

　そう言う彼に、先輩役者はこう言った。

「忠臣蔵だよ」

　そう、忠臣蔵なのである。歌舞伎役者ならば、演じられて当然の演目だ。

　彼は、そのことばで腹を決め、見事に、初役の勘平を演じきったという。

　忠臣蔵ができない役者が、自分は歌舞伎役者だと名乗ることなどできないのだから。

　今、歌舞伎座では、その「仮名手本忠臣蔵《かなでほんちゅうしんぐら》」の通し狂言の真っ最中だ。六段目や七段目だけが上演されることは多いが、やはり通し狂言となると、緊迫感も違う。午前の第一幕から、夜の部のキリまで、ひとつの演目を通しで演じることなど、年に一度あるかないかだ。

わたしは、この通し狂言が好きだ。

歌舞伎座にいるすべての役者が、ひとつの演目をやっているという、一体感に満たされている気がする。物語は、大きくうねりながら繋がって、一幕だけを切りだしているときには見えないものが現れる。

江戸時代の芝居小屋では、ほとんどがこの通し狂言だったという。朝、まだ暗いうちから、夜がふけるまで、観客を飽きさせないように、時代狂言や踊り、世話物など、いろんな変化をつけながら、ひとつの物語を作り上げていったのだ。

もちろん、今の興行の中では通し狂言を演じることは、なかなか難しい。昔の通し狂言はお約束が多すぎるし、退屈なものや、あきらかに他の名作の焼き直しでしかないものがほとんどだ。現在の歌舞伎は、その中で、魅力的な場面だけを抜き出して見せている。

そんな中で、通しで上演しても観客を飽きさせない、数少ない芝居のひとつが、この忠臣蔵なのだ。

と、まあ、えらそうなことを言っても、わたしこと、瀬川小菊《せがわこぎく》の名前が番付に載っているのは、七段目の仲居の役だけである。御曹司ならいざしらず、養成所出身、名題下《なだいした》の女形《おんながた》なら、まあ、こんなものだ。

わたしの師匠である瀬川菊花《きくか》は、九段目で加古川本蔵《かこがわほんぞう》の妻、戸無瀬《となせ》を演じているから、その準備や手伝いなどで、夜の部は大忙しだ。決して、暇をもてあましているわけではない。

出番が少なくても、仲居がいなければ幕は開けられない。主役だけでは歌舞伎は成り立たないのだから。

時計に目をやって、師匠の楽屋入りが近いことを確かめた。

浴衣の着崩れを整えてから、楽屋口に向かう。すでに、付き人の由利ちゃんや、弟弟子の鈴音が楽屋口で待っていた。

「師匠は今日、少し遅れるかもしれないですよ」

鈴音はわたしに気づいて、そう言った。

「なにかあったのかい？」

「桔梗屋《ききょうや》の若旦那が、稽古をつけてもらいにきているそうです」

「へえ」

珍しいことではない。師匠に稽古をつけてもらいたがる若い役者は多い。師匠は、江戸の匂いが漂ってくるような古風さと、直接胸に訴えかけてくる生々しい感情を表現できる女形役者だから。

もちろん、師匠の他にも、名女形はいるが、人間国宝ほどの人になると、若い役者は気軽には声をかけづらいし、歳をとれば身体は動かなくなってくる。

まだ六十代で、柔和な性格の師匠に、自然と人気は集まるのだ。

もともと、師匠は早めに楽屋入りをする方だから、多少遅れても問題はない。腕時計に目をやっていると、師匠の車が楽屋口の前に停まった。

もう十年以上一緒にいて、毎日顔を合わせるのに、未だに師匠の姿が見えると、緊張する。そばにいるときは、冗談を言うこともあるが、それでも、背筋がしゃんと伸びるような感覚を忘れることはない。

ゆったりとした仕草で、瀬川菊花が車から降りる。そのとたんに、あたりが柔らかな空気に包まれる。まるでそこだけ、江戸を切り取って持ってきたようだ。

みんなが頭を下げた。

「おはようございます」

「はい、おはよう」

内弟子の菊治《きくじ》が荷物を持って、助手席から下りた。わたしは、歌舞伎座の狭い階段を昇る師匠の後ろ姿をそっと眺めた。

一年前に起こった事件の後、師匠は目に見えて歳をとり、そうして痩せた。師匠がそうなった理由を知っている人間は、ごくわずかだ。自分がその中に入っているということが、ひどくつらいような、腹立たしいような気分だ。

それでも、瀬川菊花の芝居は、ここ一年でいっそう円熟したという評論家もいる。その事件が師匠を変えてしまったことなど、知るはずもないのに。

現実はいつも、残酷で、そうして正直だ。

まだ、師匠の出には時間があるので、給湯室に立って、お茶を淹《い》れる。

戻ってくると、師匠は鏡台の前に正座して、舞台のモニターを眺めていた。場面は六段目、勘平とおかやが会話を交わしている。

「そういえば、今泉さんがくるのは今日だったんじゃないかい」

視線はモニターに向けたままで、師匠はそう言った。

「ええ、舞台が終わってから楽屋に顔を出すそうです」

そう言うと、師匠の表情がほころぶ。先ほどから、陰鬱な気分になっていたわたしは、その表情に、ほっと胸を撫で下ろした。

「おじさん、おはようございます」

廊下から、呼びかける声がして、のれんが持ち上げられた。

声をかけてきたのは、女形役者の岩井芙蓉《いわいふよう》だった。この公演で、師匠の娘である小浪《こなみ》を演じている。

「ああ、おはよう」

師匠も微笑んで、軽く頭を下げる。

舞台の上では可憐な少女や姫君の役を得意とする芙蓉は、舞台を下りても線が細く、どこか頼りなげな印象だ。年齢は、三十五を越えているはずなのに、ずっと若く見える。

短く刈り込まれた髪と、細い首が、まるで化粧をほどこす前の人形のような印象を与える。

「おじさん、少しお願いがあるんですが……」

「おや、どうしたんだい？」

師匠に目で促《うなが》され、芙蓉は雪駄《せった》を脱いで楽屋へと上がった。

「合邦《がっぽう》の玉手《たまて》の稽古をつけてほしいんです。再来月の勉強会でやる予定なんです」

ふいに、師匠の目が細められた。わたしは、少し驚いた。今まで師匠は、稽古をつけてほしいと言われて、嫌な顔などしたことはない。だが、今の表情は、少し不快に感じているように見えた。

もちろん、芙蓉は気づかなかっただろう。いつも側にいる人間だけが気づくほどの、かすかな不機嫌だった。

「桔梗屋さんところの豊ちゃんが、今、うちに玉手を教わりにきているよ。再来月の松竹座で、初役だそうだ」

師匠はさりげない口調でそう言った。「桔梗屋の豊」というのは、中村国蔵《なかむらくにぞう》という、芙蓉と同年代の女形役者である。芙蓉とはまったく雰囲気の違う、粋な芸者などの役がよく似合う人気役者だ。

師匠の不機嫌の理由に気づいて、わたしは視線を芙蓉に移した。

「ああ、彼がおじさんのところに稽古をつけてもらいに行っているんですか。先をこされちゃったな。ぜひ、菊花おじさんの玉手を教わりたかったんだけど」

芙蓉は悪びれもせず、そう言った。その後で、言い訳のように付け足す。

「偶然ですよ。うちもずっと以前から、次の勉強会では玉手をやると決めていたんです。露丸《つゆまる》さんにも、おとくの役で出てくれるようにと、前々からお願いしていましたし……」

彼は、老け役がうまい女形の名前を出して、胸を張った。師匠は、苦笑に似た笑みを浮かべた。

「まあ、わたしでよければ、時間があれば教えてあげるよ。でも、あんたが豊ちゃんと同じ型ではない方がいいんじゃないかい」

「そういうわけではないんですが……、少し考えてみます」

「ああ、よかったら、またおいで」

腰を上げた芙蓉に向かって、師匠は言った。

「奥さんの容態は、まだよくないのかい？」

芙蓉の表情に、すっと影が差した。

「ええ、ずっとあのままです」

岩井芙蓉を襲った悲劇についてはだれもが知っている。

三ヶ月前、彼の自宅が火事になった。たまたま、彼自身は弟子の自宅で麻雀に興じていて留守だったが、自宅には彼の妻がいた。眠っていた彼女は、一酸化炭素中毒と火傷《やけど》のため、未だに昏睡状態だという。

原因はまだわかっていない。

火の気のない部屋が火元なのと、玄関の鍵が開いていたことで、忍び込んだ空き巣が痕跡を消すために、火をつけたのでは、と、警察は考えているらしいと聞いた。

事件当初は、ワイドショーや週刊誌などにも取り上げられた。ただでさえ、ひどく憔《しょう》悴《すい》していた彼を、マスコミは容赦なく追い回した。まるで、彼がその日帰らなかったことが原因で、妻がそんなことになったかのような書き方をした週刊誌も、ひとつではない。

二ヶ月経って、マスコミはそんな事件のことなど忘れてしまったように見えるけど、芙蓉の妻は、未だに病院で眠り続けている。

それでも興行のスケジュールは変わらない。勉強会ですら、もう宣伝を打ってしまっていたから、中止などできない。親が死のうと、妻が死のうと、歌舞伎役者は舞台に立ち続ける。

役者にとって、人生の半分は舞台そのものだ。舞台を中心になにもかもがまわる。

幕が下りると、急に楽屋に漂う空気も軽くなる。

まるで、芝居がかかっているときは、大きな翼を持った生き物が歌舞伎座全体を覆っているようだ。幕が下りると、その生き物も飛び立って、劇場はその影から解放される。毎日繰り返されることなのに、ときどき、そんなふうに思う。

師匠の身支度を手伝っていると、のれんの向こうからよく通る声がした。

「こんばんは。山本です。ご挨拶させていただいてもよろしいですか？」

顔を覗かせた青年を見て、師匠は顔をほころばせた。

「おや、山本くん、ひさしぶりだねえ。お上がりなさい」

山本公彦は、白い歯を見せて笑うと、楽屋口で深くお辞儀をした。

少年剣士のような凛々《りり》しい眉は、出会った頃から変わらないが、顔の骨格は確実に大人のものになっている。はじめて会った頃は、まだ十六かそこらだったのに、もうすぐ二十歳だというのだから、当たり前のことだが。

「今泉さんは、今日は一緒じゃないのかい？」

師匠が尋ねると、山本くんは視線を廊下に向けた。

「そこで、葉月屋《はづきや》さんに会って話し込んでいます。少し込み入った話みたいで、ぼくは遠慮したんですけど……」

どうやら、顔見知りの役者になにか相談されているらしい。師匠が悪戯《いたずら》っぽい表情でわたしを見た。

今泉文吾《ぶんご》は、わたしの大学時代の同級生である。中退して、歌舞伎俳優養成所に飛び込んだわたしとは正反対に、大学院まで進んで母校の講師になった男だったが、なにを思ったか、いきなり「探偵」などという職業をはじめてしまった。

わたしの縁で、梨園《りえん》に起こった出来事を調べることも多く、よく劇場や楽屋などにも出入りしている。とはいえ、探偵業は決して儲かっているとは言えないらしく、ときどき妙なバイトに手を出していたりもする。

今、目の前にいる山本くんは、その今泉の唯一のアシスタントである。本業は大学生
だが、学校に行きながら探偵事務所を手伝っている。

「どうだい。最近は。仕事の方は繁盛しているの？」

わたしの質問に山本くんは首を傾《かし》げた。

「どうだろう。とりあえず、首をくくらなくていいほどには……」

「それは最低ラインだろう」

苦笑していると、のれんが上がって、今泉が顔を覗《のぞ》かせた。

「ああ、山本くん、きてたのか。気がついたらいないのでびっくりしたよ」

相変わらず、のんきなことを言いながら、師匠に向かって頭を下げた。

「ご無沙汰しています、菊花さん。今日の戸無瀬も本当に素晴らしかったです」

「まあまあ、そんなところでお辞儀してないで、上がりなさい」

師匠は相好を崩して、手招きをした。師匠は、この飄々《ひょうひょう》とした探偵がお気に入りで、
やたらに楽屋に呼びたがる。

今泉は言われるままに楽屋口で履きかえたスリッパを脱いで、楽屋に上がった。

「やはり、忠臣蔵はいいですねえ。歌舞伎を見たという気分になります」

まだ、興奮冷めやらないといった口調で言う。歌舞伎を頻繁に観るようになったのは、

数年前、わたしと再会してからのことだが、もともと近世文学などを専攻していた男だから、下地はある。本当に楽しんでくれているのが伝わってきて、歌舞伎の末端にいるわたしまでうれしくなってくる。

薄い縁なしの眼鏡に手をやって、熱っぽく感想を語る。師匠もにこやかにそれに応じている。

「わたしも昔はね、それほど好きではなかったんですよ。少し説教臭いようなところがありますでしょう」

「忠臣蔵ですか？」

思わずそう尋ねると、師匠は笑顔でわたしに頷《うなず》いた。初耳である。

「それに女形にとっては、全体を通してあまりいいところのない芝居ばかりですからね。耐える場面ばかりが続くせいもあって、どうしても好きになれなくてね」

「たしかに、顔世《かおよ》も、おかるも、戸無瀬も小浪も運命に翻弄され、耐えるばかりですね」

今泉も神妙な顔で頷いている。

「それでも、この歳になって、やっと忠臣蔵が好きになってきました。この芝居の重みや、日本人を惹きつけてきたところが、理解できてきたような気がしますよ」

喋《しゃべ》りながら、師匠の視線がふいに、今泉の後ろで止まった。廊下の方を振り返ると、そこに、岩井芙蓉が立っていた。

「おじさん、お客さんがいらっしゃるところ、どうもすみません」

師匠が気づくのを待っていたのか、芙蓉は控えめに顔を覗かせた。

「気を遣う人じゃないから、いいよ。どうかしたのかい？」

芙蓉は今泉にも頭を下げると、上がり口に膝をついた。

「ひとつだけ、教えてほしいことがあるんです」

「なんだい？」

芙蓉は、躊躇《ちゅうちょ》するように目を伏せた。なぜかそこに、悲痛な色があったように見えたのは、気のせいだろうか。それから口を開く。

「玉手は、俊徳丸《しゅんとくまる》のことを本当に好きだったと思いますか？」

あまりにも唐突な質問だった。師匠もあっけにとられたように、返事を忘れている。

だが、芙蓉の表情は真剣そのものだった。

今泉と山本くんも不思議そうに顔を見合わせている。

「さあねえ、それは演じる人間によって変わるんじゃないかい」

師匠は笑みを浮かべて、そう言った。つられるように芙蓉も微笑んだ。

「そうですよね。つまらないことを聞いてすみません」

「いや、つまらないことではないと思うよ。大事なことだよ」

浴衣の裾《すそ》を整えて座り直し、師匠は立ち上がった芙蓉を見つめた。

「玉手を演じる役者にとっては、大切な問題だ」

だが、芙蓉はいきなり興味をなくしてしまったかのように見えた。

「お邪魔しました。また明日」

そう言って、するりとのれんをくぐり抜けた。

師匠は、困惑したようにわたしの顔を見た。わたしだって、わけがわからない。

今泉と山本くんも、去っていく芙蓉を眺めている。

後になって、わたしは思う。あのとき、すでにわたしたちは関わってしまっていたのだ。

だが、そのときはだれも気づかなかった。

彼の、その質問が、示唆《しさ》していたことに。

二　実――一年前――

電話が耳障りな音を立てて鳴った。

夜中の電話が好きな人などいないだろう。わたしだって、もちろんそう。

やっとあたたまって心地よくなってきたベッドの中から、渋々抜け出して、薄明かりの中、受話器を取る。

「玉置さん？　遅くにごめんなさい」

電話の声は市《いち》ノ瀬《せ》美咲《みさき》だった。わたしは少し胸を撫で下ろした。

深夜の電話が、真っ先に連想させるのは身内や友人の不幸だ。彼女からの電話ならば、仕事のことで、不吉な知らせではないはずだ。

「今、時間ある？　少しお願いしたいことがあるの」

彼女は、ひどく申し訳なさそうにそう言った。

「これからですか？」

わたしは驚いて時計を見る。すでに時間は夜中の一時だ。明日だって、仕事で十時には劇場に入らなくてはならない。そんなことは彼女だってわかっているはずだ。

「ごめんなさい。非常識なのはわかっているのだけど」

彼女の声は控えめだったけれど、それでもわたしを呼び出すことは諦《あきら》めていない様子だった。

わたしは小さくためいきをついた。電話の向こうの彼女に聞こえないように。

「ええと……どこかに行けばいいんですか？」

「タクシーで、うちまできてくれない？　お金はこちらで払いますから、自宅まで」

恨めしく、ぬくぬくのベッドを眺めながら、わたしは承諾の返事をした。電話の向こうの声は、急に明るくなる。

「ごめんなさいね、無理を言って」

そう思うのなら、寝かせてもらえませんか、なんてことばが喉まででかかるけど、そんなことは言えない。彼女はわたしにとって、上司の妻、もしくは上司そのもののような人だ。

彼女が腹を立てれば、わたしをクビにすることなんて、簡単にできてしまう。

それは困る。休みは少ないし、大変なことも多いけど、わたしは今の仕事が気に入っている。

電話を切ると、わたしはパジャマを脱いで、明日着るつもりだったスーツに着替えた。化粧をするのはさすがに面倒だったので、眉を描いて、口紅だけを塗る。ファンデーションのコンパクトは念のために持っていく。

タクシーをつかまえて、市ノ瀬家についたのは、電話を切ってから三十分ほど後のことだった。

タクシーの音を聞きつけたのか、彼女が玄関まで出てくる。部屋着らしい、綿のカーディガンとスカート。こんな服装の彼女を見たのははじめてだ。

いつもは和服か、少なくともスーツやワンピースなど、きちんとした格好をしている人だから。

「なにがあったんですか？」

わたしの質問に、彼女はすぐ答えてはくれなかった。

「ともかく入って」

そう言って、玄関のドアを開け、彼女は先に部屋に入っていった。仕方なく後に続く。

市ノ瀬家には何度もきたけど、こんな深夜というのははじめてだ。廊下もしんと静まりかえって、人の気配がない。

彼女はまっすぐに居間に向かった。そこだけ灯《あか》りがついていて、少しほっとする。

だが、居間に入った瞬間、わたしは息を呑んだ。

惨状、ということばが頭に浮かんだ。テーブルは倒され、割れた花瓶やグラスが、あちこちに散乱している。本棚の本は、すべて床にぶちまけられていた。

いつもの上品で掃除の行き届いた居間とは、まったく違う。

「これ、いったい……」

「ごめんなさい。これを今日中に片づけなくてはならないの。明日、お義母《かあ》さんがいらっしゃるのよ」

「泥棒に入られたんですか？」

そうとでも考えなければ、納得できない状態だった。

「そういうのじゃないの。ちょっと、事情があって」

彼女はことばを濁した。わたしは、もう一度居間を見渡した。愕然とする。この部屋を片づけなければならないのなら、今夜はもう眠れない。どう見ても、一、二時間でなんとかなるとは思えない。

わたしの表情に気づいたのか、市ノ瀬美咲はすがるような目でこちらを見た。

「お願い、実さんにしか頼めないの」

わたしは市ノ瀬家のお手伝いさんではない。

彼女の夫である歌舞伎役者、岩井芙蓉付きの番頭というのがわたしの仕事だ。

番頭なんてことばからは、ある程度年輩の男性の印象しか持たれないかもしれないが、梨園では、女性がその役目を担当することも少なくはない。年齢だって関係ない。ずっと番頭をやってきた年輩の人ももちろんいるが、わたしのように三十代の人も、二十代の人だっている。

主な仕事は、切符の管理や、後援会やご贔屓《ひいき》様への案内である。役者のマネージャーのような仕事をすることもあるから、どこからどこまでがわたしの仕事である、と決められた範囲があるわけではない。

だが、尋常でなく散らかった家を片づけろというのは、わたしの仕事ではない。それも、深夜に呼び出されて。

もともと、そういう傾向はあった。美咲さんは、わたしのことを、好きなように使っていいお手伝いみたいに考えていて、まったく芝居と関係ない自分の買い物などを、頼んでくることさえあった。芙蓉さんですら、そんなことは一度もしないのに。

以前、聞いたことがある。彼女の実家は、有名な資産家で、彼女は学校を卒業してから結婚するまで、一度も外に働きに出たことがなかったそうだ。

彼女が、使われる側の人間の気持ちに、あまりに無頓着なのは、そのせいだろう。

美咲さんの、あまりにも不躾《ぶしつけ》な願いに、腹を立てたのは事実だ。文句を言って帰ってしまおうかとも、何度か思った。だが、結局、わたしは朝までかかって、市ノ瀬家の居間を片づけた。

まだ、美咲さんも一緒に片づけていることだけが、救いだった。彼女の性格を考えると、わたしに言いつけるだけ言いつけて、自分は寝てしまうことも考えられたから。

さすがにこの頼みは、ずうずうしすぎると思ったのかもしれない。

とはいえ、普段、お手伝いさんを雇っているせいか、彼女の手際は悪く、「いないよりはまし」といった程度だった。

ほとんど片づけが終わって、わたしはカーペットに残ったコーヒーの染みを取ることに熱中していた。

彼女は、わたしの隣で同じようにカーペットを、乾いたタオルで叩《たた》いていた。だが、染みを取るためというよりも、無意識にわたしの真似をしているだけに見えた。そんなに汚れていない部分を、何度も執拗《しつよう》に叩いたり、しばらくコーヒーの染みを眺めたまま、ぼんやりしていることもあった。

かすかな苛立《いらだ》ちを感じたが、完全に腹を立てるのには疲れすぎていた。わたしはそんな彼女を放っておいて、コーヒーの染みを取り除くことに集中した。これさえ終われば解放されるのだ。今から家に帰って眠るのは無理でも、どこかの部屋で、しばらく仮眠を取らせてもらっても罰は当たらないだろう。

だから、わたしはしばらく気づかなかった。

染みを追いながら、這《は》いずっていたときだった。ふいに、目の前のカーペットにぽたり、と水滴が落ちた。上品なベージュのカーペットに、滲《にじ》んだような染みが広がった。

驚いて、顔を上げると、目の前に美咲がいた。

彼女は泣いていた。ぼろぼろと涙が頬をつたって、そうして床に落ちた。

声を出さずに泣きつづける彼女に、わたしはどう対応していいのかわからなかった。

さすがに三十越えての徹夜は身体に堪《こた》える。

上演中で、ロビーに人がいないのをよいことに、わたしは何度も欠伸《あくび》をした。

「どうしたの？　えらくお疲れじゃない？」

隣に座っている三嶋さんがくすくすと笑った。彼女は、同じ上総屋《かずさや》一門である岩井条之丞《のじよう》付きの番頭さんだ。四十代後半の落ち着いた雰囲気の女性で、わたしにとっては頼もしい先輩である。半年前、この仕事に就いてから、いろんなことを教えてもらった。今も、わからないことがあると、真っ先に彼女に尋ねる。

「昨日、徹夜で仕事だったんです」

仕事と言ってもいいだろう。遊んでいて、欠伸をしていると思われたくはない。

「あら、どうしたの？」

次の公演の案内を送るまでにも少し時間があるし、今は、よほどのご贔屓様以外は、パソコンで宛名を印刷するから、以前に比べて労力はかからない。徹夜までしなくてはならないことは、ほとんどない。

三嶋さんが、口が堅いことは知っている。わたしは声をひそめた。

「昨日の夜、奥様にいきなり呼び出されて、掃除させられたんです。ひどいと思いませんか？」

「徹夜で？」

わたしは頷いた。三嶋さんは、さすがに驚いたようだった。

「それはひどいわねえ。芙蓉さんは、知ってるの？」

「わかりません」

昨夜、彼は、自宅に戻っていなかった。

「一度、それとなく聞いてみて、もし知らないようだったら、こんなことのないようにお願いした方がいいんじゃないかしら。ほら、美咲さんって、悪い人じゃないんだけど、世間知らずだし」

わたしは頷いた。

わたしも市ノ瀬美咲が悪い人間だとは思っていない。彼女が、悪意を持ってお弟子さんや、わたしたち裏方を苛《いじ》めることなどない。おっとりとした口調で、少しずうずうしい仕事を言いつけたり、裏方の苦労にまったく頓着しないことが多いだけだ。それも、お嬢さん育ちのせいなのだろう。

芙蓉さんも、彼女のそんな性格には気がついている。何度か、「妻が迷惑をかけてすまないね」と謝られたこともあるし、「彼女のためだから、悪いところはきちんと注意してやってほしい」と言われたこともある。

とはいえ、雇い主の妻に、そんなにはっきりと言えるものではない。ただでさえ、わたしはあまり気が強くない。

柝《き》の音が響いて、幕間《まくあい》になったことを知る。わたしはあわてて、椅子に座り直した。

幕間に、次の芝居の切符を注文してくるご贔屓さんもいるし、公演のチラシなどを渡すのも大事な仕事だ。

少なくなったチラシを整理していると、ひとりのご贔屓さんが声をかけてきた。

「これ、芙蓉さんに、差し入れです」

差し出された紙袋には、つややかな新高梨《にいたかなし》が三つほど入っていた。梨は芙蓉さんの好物である。

「いつもありがとうございます。楽屋に届けておきます」

そう言うと、彼女は恥ずかしそうに目を伏せた。まだ若い女性だが、芙蓉さんの大ファンらしく、後援会にも入って、毎回切符を買ってくれる。

立ち去っていく彼女を見ながら、わたしは気持ちが晴れてくるのを感じていた。

この幕間が終わったら、芙蓉さんに会える。

恥ずかしいから、あまり人には言わないようにしているのだが、もともと岩井芙蓉に憧れていた。楽屋の側で、彼が出てくるのを待ったことも何度もある。

そこから、以前の番頭だった女性と知り合った。彼女が出産のために辞めることになって、ちょうど職を探していたわたしを、紹介してくれたのだ。

仕事として接するからには、憧れる気持ちは前に出さないようにしていた。実際に側にいると幻滅することも多いだろうから、覚悟もした。

けれども、芙蓉さんはいい人だった。

無茶なことは言わないし、仕事に関する指示も的確だった。裏方が頑張った部分は、きちんと見ていてくれて、忘れずに誉《ほ》めてくれる。

この人の側で働くことができて、よかった。わたしは何度もそう思った。

唯一、奥さんである美咲さんのことを除いて。

彼女のことを思い出すと、また暗い気持ちになる。わたしは梨の入った袋をもう一度覗いた。

これを差し出したときの、芙蓉さんの笑顔を想像する。


幕間の楽屋廊下は、人の往来が激しい。

舞台を終えて、早足で楽屋に帰る人たちと、次の舞台のために降りてくる人たちが、入り交じってひどく慌ただしい。廊下は狭いから、裃《かみしも》を身につけた役者が通るときには、壁に張り付くようにしてすれ違わなくてはならない。

岩井芙蓉の楽屋の前で、わたしは深呼吸をした。のれんを上げて声をかける。

「若旦那、よろしいでしょうか」

「ああ、玉置さん」

芙蓉さんは、化粧を落としてくつろいでいた。次の出までには、まだ間がある。

「木下さんが、差し入れをくださいましたので、届けにきました」

梨の入った紙袋を差し出すと、彼は微笑して受け取った。

風呂に入ったばかりなのか、前髪がまだ少し濡れている。白すぎる首筋が目に入って、心臓がぎゅっと縮んだ。

目も口も小さく、まるで人形みたいだ。化粧を落とした素顔にさえ、男性らしい荒々しさは欠片《かけら》もない。わたしや、多くの女性たちよりも、ずっと可憐に見える。

不思議な魅力を湛《たた》えた人だった。ほかの男の人とはまったく違う。仕草も女性のようだし、醸《かも》し出す雰囲気はあくまでも清潔で、濁りがない。

芙蓉さんと会うと、いつも冷たい水にいきなり手を入れてしまったような気分になる。背筋まで震えるようで、それでいて、ひどく心地よいのだ。

彼は、紙袋の中を覗き込んだ。梨をひとつ取って、わたしに差し出す。

「よかったら、実さん、ひとついかがですか？」

「え、でも……」

「先ほども、柿をいくつもいただいたばかりなんですよ。余らせてしまうともったいないから、どうぞ」

わたしはおそるおそる、その梨を受け取った。考えていたよりもずしりと重く、そうして冷たい。

そういえば、昨夜、芙蓉さんはどうしていたのだろう。姿も見えなかったし、家にいる気配もなかった。どこかに出かけていたのだとしたら、あの惨状のことは知っているのだろうか。

尋ねようとして口を開いてから、わたしは考え直した。

もし、芙蓉さんがあのことを知らないのなら、告げ口する形になってしまうかもしれない。

「どうしたんですか？」

優しく尋ねられて、わたしは笑ってごまかした。

彼に伝えていいのかどうか、わからない。美咲さんの横暴ともいえる要求が続くなら、いつか相談しなくてはならないと思う。でも、これが一回だけで終わるのなら、わざわざことを荒立てなくてもいい。

芙蓉さんは、首を傾げてわたしを見ていた。

わたしは膝を払って立ち上がった。

「お邪魔しました。梨、ありがとうございます」

名残惜しい気持ちも感じながら、スリッパを履いていると、芙蓉さんは目を細めて、わたしを見上げた。

「玉置さん、なにかありましたら、相談してくださいね」

考えるより先に、口が動いていた。

「いえ、別にそんな」

わたしはいつも、こうやってタイミングを見失ってしまう。

時計は九時を指している。

わたしは大きく息を吐いた。終演時間はもう近い。最後に、ここでご贔屓さんたちを見送ったら、それで帰れる。

ふいに劇場の扉が開いて、だれかが入ってきた。そちらの方を向いて驚く。

美咲さんだった。長い髪をきちんとセットして、クリーム色の上品なスーツを着こなしている。

彼女はまっすぐにわたしの方に歩いてきた。あわてて、立ち上がってお辞儀をする。

「ご苦労様」

感情のこもらない声でそう言うと、彼女はわたしの手を引いた。劇場の隅まで連れて行く。

「昨日はどうもありがとう。おかげで助かったわ」

「いえ……」

どう言っていいのかわからずに、わたしはことばを濁した。

「お礼にこの後、食事でもどうかしら」

彼女は笑顔でそう言った。断られることなど考えてもいないような口調だった。

わたしは少し躊躇した。

いくら歳が近くても、彼女はわたしにとって上司のような人だ。そんな人とふたりで食事しても、楽しいはずはない。それよりも帰って、早く眠りたい。

「遠慮しないで、ごちそうさせてほしいの」

彼女は、わたしの手を握って、囁《ささや》いた。戸惑いながら頷く。

「すみません。気を遣っていただいて……」

「いいのよ」

満足そうな彼女の笑顔を見て、よけいに気が重くなる。

用があるとでも言おうかと一瞬思ったのだが、こんな時間にそんなことを言うのも不自然な気がしてしまったのだ。

その日の演目がすべて終わり、客が出ていってしまった後、彼女はわたしを近くのイタリアンレストランに案内した。

見るからに高級そうな内装。メニューの値段も、わたしなら気後れしてしまうようなものだった。彼女は本当に、昨夜のことを悪いと思っているらしい。

「玉置さん、ワインはどうしましょう?」

尋ねられて困惑する。お酒は飲まないわけではないが、今はそんな気分ではない。疲労も溜《た》まっているし、飲むとよけいにぐったりしてしまうだろう。

「わたしは結構です」

「あら、でも、わたしが頼んだら、少しは飲むでしょう?」

「少しでしたら……」

あまりに固辞するのも悪いような気がして、そう答えた。

美咲さんは、ソムリエと相談して、ワインを選んだ。ハーフボトルだとばかり思っていたら、フルサイズのボトルが出てきて、わたしは驚いた。

グラスに注がれたワインは、深い赤だった。香りを嗅《か》いだだけで、安物ではないことがわかる。

それほど、感情を露わにはしないが、なんとなく彼女は上機嫌のように見えた。

戸惑いながら尋ねる。

「あの……芙蓉さんは、今日はお帰りが遅いんですか？」

「ええ、先輩役者たちと飲みに行ったらしいわ」

彼女は、グラスを置くと、テーブルに掌を置いて、わたしを見た。

「玉置さん、昨日のこと、秀人《ひでと》さんに言った？」

秀人というのは、芙蓉さんの本名だ。わたしは首を横にふった。

「いいえ、言っていません」

彼女は、胸を撫で下ろして微笑した。

「よかった。口止めをお願いしていなかったことに、後になって気づいたの」

とたんにワインの味が苦くなる。つまり、これは口止め料の代わりというわけか。

「ごめんなさい。秀人さんには、昨日のことは言わないでおいてほしいの」

改めて、彼女はそう言った。まっすぐに目を見られて、困惑する。

「わかりました。言いません」

でも、どうしたんですか？　そう尋ねたかったのに、なぜか口は動かなかった。簡単なことだ。少し不作法なふりをすれば、口に出せることばだ。迷わず、そう尋ねられる人はたくさんいるだろう。

けれども、彼女が少しでも不機嫌になるのが怖くて、わたしは口を開けない。

どうしても聞きたいわけでもない。芙蓉さんに話すなということは、あの惨状に芙蓉さんは関係していないということだ。だとすれば、興味はない。

きれいに盛りつけられた前菜が運ばれてきて、わたしたちはナイフとフォークを手に取った。

美咲さんは、なぜかくすくすと笑いながら言った。

「わたしね。ずっと、玉置さんを誘いたかったの」

「え？」

思わず、フォークを止めて、彼女を見てしまう。

「歳も近いし、ゆっくり話ができればって思っていたんだけど、毎日夜は遅いし、そのあと誘うのも、迷惑なような気がして……」

彼女は、アンチョビで和《あ》えたパプリカを、口に運ばずにフォークで弄《もてあそ》びながら話し続けた。

「結婚してから、昔の友達ともあまり会えなくなってしまったし、気軽に話せる相手が少ないの。よかったら、これからもこうしてつきあっていただけないかしら」

正直な話、困惑の方が大きかった。けれども、彼女がわたしに好意を抱いてくれているなら、悪い気分ではない。

「わたしでよければ……いつでも声をかけてください」

そう言うと、彼女は目を輝かせた。

「本当？　うれしい！」

いつも上品な物腰を崩さない彼女が、普通の女性に見えて、わたしも微笑する。

だが、同時に今日、明け方の彼女を思いだした。下を向いて、ぼろぼろと泣いていた美咲さん。たぶん彼女は、わたしが見ていたことに気づいていないのだろう。あのときは、ふたりとも疲れすぎていた。

いったい、彼女になにがあったのだろうか。

自然に手が止まっていたらしい。彼女が不思議そうな表情でわたしを見る。わたしはあわてて笑みを浮かべると、小さく切られた野菜を口に運んだ。

おいしいのか、そうでないのかわからない、複雑な味がした。

それから、彼女はわたしをよく誘うようになった。

食事だとか、お茶だとか、休みの日の買い物だとか。

わたしはなんだか、宙ぶらりんになったような気持ちで、彼女の誘いに応じた。楽しいと、はっきりと言えるようなつきあいではなかった。彼女が買い物に行くような店は、わたしには、手の届かないものしか売っていない。わたしは、笑顔だけ浮かべながら、彼女が高級品を買うのを見つめていた。

けれども、だからといって、不快で仕方なかったわけではない。彼女は、決して嫌な女性ではなかった。高級な店にわたしを連れて行くのも、それが彼女にとって普段の買い物だからであって、自慢をしているわけではない。

会話をすれば、それなりに楽しかったし、芙蓉さんの普段の話などを聞けるのもうれしい。

わたしも、それほど友達は多い方ではない。美咲さんが、わたしを気にかけてくれることや、一緒にいて楽しそうにしていてくれることがうれしかったこともある。

その日、わたしたちは、映画を観て、それから食事をした。

それほど空腹ではなかったこともあって、カジュアルなレストランに入った。近くのテーブルには若者の団体が陣取っていて、店内はひどくざわついていた。

いつもと違う雰囲気のせいか、美咲さんはビールをたくさん飲んだ。赤い顔で、くすくす笑いながら、やたらによく喋った。

わたしは、少し困惑を感じながらも、彼女に合わせて飲んで、相づちを打つ。

ふいに、彼女が悪戯っぽい顔で、わたしを見上げた。

「ねえ、実。わたしの秘密を教えてあげる」

「え？」

未だに名前で呼ばれることには、少し違和感があった。けれども、わざわざ呼ばないでくれと言うほどでもない。わたしは、瞬《まばた》きをして彼女の顔を見た。目がきらきらと輝いていて、彼女はいつもよりきれいに見えた。少し不吉だと感じられるほどに。

彼女は、少し声をひそめた。

「ねえ、だれにも言わないでね」

「あ、はい……」

戸惑いながらそう答えたわたしに、彼女は顔を近づけた。

「わたし、好きな人がいるの」

最初は、それほど驚かなかった。女友達から、そんな告白を受けることなんて、珍しくない。だが、次の瞬間、わたしは息を呑む。

彼女は、岩井芙蓉の妻なのだ。

わたしの動揺を楽しむように、彼女は笑みを浮かべていた。

ざわつくレストランの中、わたしたちの空間だけが切り取られ、どこかに置いてきぼりにされたようだった。

彼女を責めようとして、すぐに自分にはそんな権利がないことに気づく。

わたしはどう反応していいのかわからず、ただ黙っていた。

胸の中を嵐のような感情が渦巻いていた。

三　小菊

ボストンバッグを手に、わたしはタクシーを降りた。

目の前にあるのは、黒塀に囲まれた日本家屋だった。表札に、割り鈴の紋が彫ってある。

ここは、瀬川菊花師匠の家である。

事の起こりは、昨日の夜だった。舞台が終わった後、ふいに師匠が言った。

「ちょいと、小菊。この後空いているかい？」

「え、はい。空いてますけど」

「じゃあ、食事でもしよう」

わたしは少し驚いた。師匠に食事に誘われたことなど、十年以上、そばに付いていて数えるほどしかない。もちろん、巡業や地方公演で自然に一緒に食事をすることは多いが、それとはまた別である。

なにか叱られるようなことがあっただろうかと、一瞬、ここ数日の行動をふりかえった。

表情でわたしが考えたことがわかったのか、師匠は苦笑した。

「別にお説教じゃないよ。少し頼みたいことがあってね」

舞台が終わった後、近くのホテルのティールームに、師匠とふたりで向かった。付き人や他の弟子さえ連れて行かないということも、珍しい。わたしは、師匠の少し後ろを歩きながら、首を傾げた。

席に着くと、師匠はメニューさえ広げずに、話を切りだした。

「実は、菊治のお母さんが入院したらしいんだよ」

「えっ！」

菊治は、わたしの弟弟子で、師匠の家に住み込んでいろいろ世話をしている。いわゆる内弟子である。そういえば、今日は姿を見なかった気がする。

「いや、命に関わるような病状ではないらしいのだけど、ひと月は入院の必要があるらしい。それでも菊治はお父さんも亡くなって、母ひとり子ひとりだから、看病したいだろう。舞台を休むつもりはないと言っているが、空いた時間は病院に行かせてあげないとかわいそうだ」

だいたい、師匠の言いたいことが飲み込めてきた。

「菊治の実家は都内でしたね」

「荻窪だそうだよ。だから、実家から歌舞伎座も充分通える」

内弟子の役目を休ませて、大部屋役者だけの仕事にすれば、舞台の合間に看病することはそれほど難しくはない。師匠の世話さえなければ、三階役者の出番はそれほど多くはないし、代わりだっていくらでもいる。

しかし、そうなると師匠が困ることになる。

「わたしでしたら、いつでも菊治の代わりをしますけど……」

以前は、わたしが内弟子をしていたから、勝手だってわかっている。

「そうかい。助かるよ。本当は若い子にやらせるのが筋なんだけどね」

師匠はほっとした顔になって、グラスの水を口に含んだ。

師匠の言わんとしていることはわかる。菊治より若手の天城屋《あまぎや》の役者は、あまり気の利かない性格の者か、既婚者ばかりだ。わたしは独り身だから、自由が利く。

内弟子は、舞台を離れても気を遣うことの多い役目だが、嫌なことばかりではない。師匠のすぐ側にいられるから、学ぶことも多いのだ。

「それじゃ、いつから参りましょうか。菊治はもう実家に帰っているんですか？」

「ああ、昨日帰らせた。でも、急な話だから、あんたの都合のいいときからでかまわないよ」

そう言ってもらえるのは助かるが、内弟子がいないと師匠も不便だろう。たしか、師匠の家には、通いのお手伝いさんしかいない。もちろん、奥様はいるが、歌舞伎役者の妻というのは、それだけで忙しいものだ。

幸い、特に差し迫った用はない。

「今日帰って荷物をまとめますので、明日からでも」

「そうかい。面倒なことを頼んで悪いね」

師匠は安堵《あんど》したように、肩の力を抜いた。

面倒だなんて、少しも思わなかった。なにより、師匠が他の弟子ではなく、わたしに声をかけてくれたことが、いちばんうれしかった。

そんなこんなで、今日舞台が終わってから、わたしは師匠の家にやってきたのだ。

師匠は、今日は雑誌の取材を受けているから、一足先に荷物を持ってきた。

引き戸を開けると、真っ先に走ってきたのは、師匠の愛犬のビリーだ。警戒心の強いシェパードではあるのだが、わたしとは仲良しである。挨拶代わりに、大好きな背中のあたりを何度も撫でてやる。

「あら、小菊ちゃん、いらっしゃい。本当にごめんなさいね」

師匠の奥様である路子さんが、玄関先まで出てきた。わたしは頭を下げた。

「またしばらくお世話になります」

「いえいえ、お世話になるのはこちらの方ですよ」

師匠に弟子入りした後、三年ほどこの家に住み込んで内弟子をしていたのだから、奥様もビリーも家族のような気がする。もう十年以上会っていない実の家族などよりずっと。

「部屋は前と同じところですか？」

「ええ、そう。新しいシーツと枕カバーは後で持っていくから、ゆっくりしていらっしゃい」

路子さんにそう言われて、わたしは二階へ続く階段を昇った。なんだか、くすぐったい気持ちを噛みしめながら。

早朝、階下の物音で目が覚めた。どこか心地いいような違和感を感じながら、身体を起こした。

窓から差し込む朝の日差しも、布団の感触も匂いも、自宅のマンションとは違う。空気は震え上がるほど冷たいのに、決して不快ではない。直接、外と繋がっていて、それでいて優しく木に守られているような感覚は、古い日本家屋だけのものだ。

時計を見ると、七時を過ぎている。わたしは、あわてて柔らかい布団の中から抜け出した。布団をたたんで、寝間着を着替える。

階段を下りていくと、食堂から師匠の声がした。まずい、と思いながら、挨拶をしにいく。

「おはようございます。すみません、寝坊してしまって……」

「いや、いいよ。どうも歳をとると、意味もなく早く目が覚めてしまっていけないね」

路子さんが、台所から顔を覗かせた。

「小菊ちゃん、もう朝ご飯だけど、食べる？」

「あ、はい。ありがとうございます。でも、その前に洗面所を使わせてください」

煎茶を啜《すす》っていた師匠が苦笑する。

「そんなこと、わざわざ断らなくてもいいよ。好きに使いなさい」

住み込みで内弟子をしていたのは、もう七年も前のことだ。好きにしていいと言われても、まだ抵抗がある。

洗面所で顔を洗い、歯を磨いてから、食堂に戻る。炊きたてのご飯と、味噌汁のいいにおいが廊下まで漂ってくる。

テーブルの上には、すでにかますの干物と、青菜の煮浸しが並んでいた。真ん中にはきゅうりと茄子のお新香を、きれいに盛りつけた器まである。

ちゃんとした朝ご飯など、何年ぶりだろう。家では、食べないか、トーストとコーヒーだけで済ませるか、どちらかだ。

席について尋ねる。

「師匠、今日の予定は？」

楽屋入りは午後遅くだから、それまでになにか予定はあるのだろうか。

「十時くらいから、桔梗屋の豊ちゃんが稽古にくるよ。今日はそれだけだ」

そういえば、数日前、岩井芙蓉が「摂州合邦辻《せっしゅうがっぽうがつじ》」の玉手の稽古をつけてほしいと言い出したとき、師匠は言っていた。中村国蔵が、ちょうど、玉手の稽古を師匠につけてもらっていると。

中村国蔵は、三十代半ばの人気役者だ。岩井芙蓉と同世代だが、芸風はまったく正反対だ。岩井芙蓉が、可憐な娘や姫を得意とし、女形か若衆以外は演じようとしないのに対して、中村国蔵は立役《たちやく》もやる。それも、勧進帳の義経のような、女形が演じることの多い役だけではなく、地方公演では伊勢《いせ》音頭《おんど》の貢《みつぎ》などまで演じる幅の広い役者である。

父親は名脇役と言われた先代の中村国蔵だが、主役級の家柄ではない。だが、個性的で華のある容姿と美声が、彼を人気役者へと引き上げたのだ。江戸時代から続く、名女形の家系に生まれた岩井芙蓉とは、そういう意味でも正反対だ。

そんな彼が、二ヶ月後、大阪の松竹座で玉手御前を演じることになったという。

わたしは、ふいに数日前の芙蓉のことばを思い出していた。

(玉手は、俊徳丸のことを本当に好きだったと思いますか?)

国蔵は、その問いかけに、どんな答えを出すのだろうか。

国蔵は、約束より少し早い時間に現れた。

真っ白なカッターシャツにウールのベストという、どちらかというと野暮ったい服装なのに、それがよく似合う。まるで、古い映画の中から抜け出してきたようだ。

一緒に、弟子の中村国高《くにたか》も付いてきている。彼は、わたしのように養成所出身ではなく、直接国蔵に弟子入りしたのだが、同じ中二階の女形役者として、顔を合わせることは多いし、何度か酒を飲んだこともある。

師匠は、まず居間に国蔵たちを案内した。

おままごとのような小さい茶器で、玉露を淹れる。湯が冷めるのを待ちながら、師匠は世間話のように言った。

「昨日、上総屋の秀人ちゃんが、言っていたよ。合邦の玉手を勉強会で演《や》るんだってね」

上総屋の秀人とは、岩井芙蓉のことである。

国蔵の眉が、かすかに動いた。不快とも、無関心ともとれる微妙な表情だった。

「らしいですね。妙な偶然ですよ。公演月まで同じだ」

国蔵は大阪で一ヶ月、芙蓉は歌舞伎座で二日間だけと、公演の形態はまったく違うから別に同じ演目がかかること自体は不思議ではない。これが、国蔵と芙蓉でなければ、の話だが。

湯が適温になったらしい。師匠は湯冷ましから茶器に湯を注いだ。また、待つ。

沈黙につられるように、国蔵は口を開いた。

「別に、彼がやるから玉手御前を選んだわけじゃありませんよ。上から言われたんです。芙蓉が勉強会でやるなんて、知らなかった」

「秀人ちゃんもそう言っていたよ」

「だとすれば、やはり偶然でしょう」

ふいに思った。師匠は、国蔵から話を聞き出そうとして、わざわざ玉露などを手ずから淹れたのではないかと。

このもてあましてしまいそうなほど、ゆったりとした時間は、人から真実を引き出すのにもってこいだ。

時間をかけて淹れた玉露を、小さな茶碗に注ぐ。それを国蔵に渡した。

「いただきます」

国蔵は一口含んで、微笑した。

「甘いですね」

師匠の笑顔が、少し硬いように見えたのは気のせいだろうか。時間をかけて淹れた玉露を、一息で飲み干して立ち上がる。

「小菊、手伝っておくれ」

あわてて、師匠の後に続いて、稽古場へ行く。たぶん、義太夫のテープをかけたり、止めたりする役目だろう。師匠が、稽古をつける姿を、間近で見られることがわかって、わたしは小躍りしたい気分になった。

稽古場は十二畳ほどの和室である。私は、棚に並んだ義太夫や長唄のテープの中から、摂州合邦辻を探し出した。

「この前はどこまでやったっけね」

浴衣に着替えて、稽古場にやってきた国蔵に、師匠は尋ねた。

「『かちはだし』まで教えていただきました」

幸い、テープは前に稽古したあたりで止められていた。

義太夫の語りが、静まりかえった和室に響く。

へなおいやまさる恋の淵、いっそ沈まば、何処までもと、跡を慕うて、徒《かち》はだし、蘆の浦々難波《なにわ》潟《がた》、身を尽くしたる、心根を。

「摂州合邦辻」、通称「合邦」は、能の弱法師《よろぼし》や、説経節「愛護若《あいごのわか》」を元にした義太夫狂言である。

主人公である玉手御前は、義理の息子である俊徳丸に恋を仕掛ける。不義を恐れた俊徳丸は、許嫁の浅香姫とともに屋敷を逃げて、流浪の旅に出る。玉手御前も、俊徳丸の後を追って、屋敷を飛び出す。

ギリシャ神話のフェードルを思わせるストーリーだが、この話には衝撃的な結末が用意されている。

通常、「摂州合邦辻」として演じられるのは、クライマックスの合邦庵室の場のみである。

玉手御前が人目を忍んで、父親である合邦の庵室を訪ねてくる。

玉手の両親は、すでに、娘が恩のある夫を裏切って、道ならぬ恋の果てに屋敷を飛び出したことを知っている。

そのため、娘をもう死んだものとして、供養をしている最中だった。

そこに帰ってくる娘。不義者の娘など、家へは入れられぬと言い張る合邦に、妻のおとくは言う。

今、もう扉の向こうにいるのは幽霊だ。生きた娘ならいざ知らず、幽霊を家に入れるのに、だれに遠慮がいるものか、と。それを聞いて、内心、娘が心配でならない合邦も、承知する。

おとくは、まだ信じられなかった。あの優しく賢い娘だった玉手が、義理の息子に恋を仕掛けるなどと。しかし、問いつめてみると、玉手は悪びれもせず、本当だという。それだけではなく、「俊徳様を探して、夫婦にしてほしい」とまで言い出す。

激怒する合邦は玉手を殺そうとする。おとくは、「なんとかして、自分が思い切らせてみせる」と合邦に頼みこむ。

実は合邦庵室には、俊徳丸と浅香姫が匿《かくま》われていた。俊徳丸は逃げる途中、眼を病んで、盲目となっている。玉手が帰ってきた以上、ここにはいられない。逃げ出そうとするふたりを、玉手は見つけてしまう。

俊徳丸にすがり、口説く玉手。あくまでも拒む俊徳丸だが、玉手はそのうち、とんでもないことを言いだす。

俊徳丸の病は、玉手が毒酒を飲ませた結果だというのだ。浅香姫に愛想を尽かさせようとのたくらみだという。啞然とする俊徳丸と浅香姫。

玉手は、浅香姫を突き飛ばし、俊徳丸を連れていこうとする。

〽ヤア、恋路の闇に迷うた我が身、道も法も聞く耳持たぬ。もうこの上は俊徳様、何れへなりとも連れのいて、恋の一念通さでおこうか。邪魔しやったら蹴殺す。
怒る目元は薄紅梅、逆立つ髪は青柳の、姿も乱るる嫉妬の乱行。

あまりの娘の浅ましさに堪《た》えかねた合邦は、娘の胸に刃《やいば》を突き立てる。

出家した身でありながら手しおにかけて育てた娘を手にかけたことを苦しみ嘆く合邦。

傷を負った玉手は、そこではじめて、本当の胸の内を告白するのだ。

自分が、俊徳に恋しているふりをしたのは、彼を屋敷から逃げ出させるためだったと。

俊徳の兄である次郎丸が、俊徳の命をねらっていることを偶然知ってしまった玉手は、なんとかして、俊徳を助ける方法を探そうとした。

次郎丸のたくらみを夫に告げると、夫は自分の子を手にかけなくてはならなくなる。

それだけではなく、義母としての情もあり、両方の息子を殺さずに助けたい。そのために、俊徳丸に偽りの恋を仕掛けたのだ。

毒酒で病にしたのも、その毒は自分の血で解毒《げどく》できると知っていたからだ。思わぬ娘の告白に、合邦もおとくも泣く。畜生同然だと思っていた娘は、貞女だったのだ。

荒唐無稽な話には違いない。だが、義理の息子に恋をする女の妖《あや》しさが、一転して、命をかけて息子を守る貞女に替わるところが、官能的ともいえる美しさを呼び起こす。魅力的な女形の役である。

国蔵は、師匠の教えるとおりに、玉手の型を演じる。まだ、魂を吹き込むまでには至っていないが、師匠のことばを吸収していることが、見ているだけでわかる。まるで、乾いた地面に染みこむ水のように。

「今日はここまでにしようか」

師匠のことばと同時に、張りつめていた空気がふっとゆるむ。

「ありがとうございました」

畳に手をついて、頭を下げる国蔵を、師匠はまた居間へと誘った。

今度は奥様が、コーヒーを用意して待っている。

浴衣を着替えた国蔵がやってくる。

「どうもありがとうございました」

「豊ちゃんは覚えがいいから、教えていて気持ちいいよ」

師匠は、にこやかにそう言った。お世辞ではないだろう。稽古を見ていてもわかる。

彼は一度言われたことを、見失うこともなく、曖昧な指示も、すぐに意味を読みとった。

頭のいい人間なのだろう。

「いえ、そんな」

はにかんだように笑って、国蔵は師匠の斜め向かいに腰を下ろした。

コーヒーにミルクを入れながら、師匠はふいに言った。

「そうそう、あんたは、玉手の本心はどこにあると思うかい？」

質問の真意をはかるように、国蔵は瞬きをした。

「玉手御前は、俊徳丸に本当に恋していたと思う？」

わたしははっとした。その質問は、岩井芙蓉が師匠に向けて投げかけたものだ。師匠もずっと気になっていたのだろう。

国蔵は首をかしげて、しばらく考え込んだ。

「脚本に書かれていることを読みとると、そうではないでしょう。玉手は本当に夫である、通俊《みちとし》のことを愛していた。不義の恋は、夫の恩に報うための見せかけです。玉手は言っていますよね。さぞや、わが夫《つま》通俊様、根が賤《いや》しい女故、見そこのうた道知らずと、おさげすみを受けるのが、黄泉路《よみじ》の障りになりますわいな、と」

「そうだねえ」

「ですが、この芝居は、前半の恋に狂った女の狂乱が大きな見どころです。はなっから貞女じゃ、見ていたってつまらない。演じる方としては、俊徳丸には本当に惚れているつもりで、やらなければならないでしょうね」

師匠はカップを持った手を止めて、国蔵の顔を見た。

「優等生の答えだね」

国蔵は不思議そうに首をかしげた。

「どうしてそんなことを？」

「あんた自身がどう思って演じるかを知りたいだけだよ」

国蔵は目を伏せると、ソファに座り直した。

「そうですね。わたしだったら、こう思います。玉手は本当は気づいていないだけで、俊徳丸のことが好きだったと」

師匠は目を細めた。

「たぶん、玉手は死ぬまで気づかなかったでしょう。けれども、本当は、若く美しい俊徳丸を見たときから、恋に落ちていたのかもしれない。でなければ、不義の恋を仕掛けて追い出すなんてことを、考えつくのはおかしい。苛《いじ》めて追い出すのでもいいでしょう。俊徳丸を屋敷から逃がす口実として、不義の恋というのは、あまりにも突飛だ」

「たしかにねえ」

若くして、年上の夫の後妻となった女。腰元の座から妻に取り立ててもらったのだから、夫に恩は感じているだろう。だが、それは恋というような熱い、やるせない感情ではなかったはずだ。

俊徳丸と出会って、はじめて滾《たぎ》るような恋情を覚えたとしても不思議ではない。

「真実の中にも嘘は潜んでいるし、嘘の中にも真実は潜んでいるものです」

なぜか、国蔵は自分に言い聞かせるようにそう言った。

「おもしろい話だね」

国蔵は、はっとしたように姿勢を正した。

「すみません。生意気なことを言って」

「いいや、あんたの玉手御前だ。わたしが教えたのは、あくまでも型で、それに命を吹き込むのはあんただよ」

国蔵は、驚いたように目を見開き、それから微笑した。

国蔵を門まで送っていったとき、なぜか国蔵の弟子の国高が、目配せをした。

不思議に思いながら、わたしは師匠に断って、近くの駐車場までふたりを送ることにした。

前を歩く国蔵に聞こえないように、そっと国高に尋ねる。

「どうかしたのかい？」

「いや、若旦那が……」

「え？」

聞こえていたのか、国蔵が振り返った。

「小菊さん、少しお願いがありましてね」

わたしは驚いた。人気役者の中村国蔵が、中二階の女形ごときになにを頼むと言うのだろう。

「はあ、わたしでよければ……」

とたんに、国蔵の表情が険《けわ》しくなる。

「内容をお話しする前に約束してください。決しておじさん……菊花さんや、ほかの役者には、喋らないということを」

戸惑いながら、わたしは頷いた。

「人の秘密を言いふらす趣味はありません」

国蔵はほっとしたように笑顔になった。笑うと急に表情が幼く見える。

「葉月屋の兄さんから聞きました。兄さんの恋人が亡くなった事件を解決した探偵さんが、小菊さんの知り合いにいるんでしょう。紹介していただけませんか？」

今泉のことだ。わたしは頷いた。

「いいですよ。電話番号でいいですか？」

「お願いします」

ふいに、今泉はどう言うだろうかと思った。数ヶ月前の事件のせいで、もう梨園になんか関わるのは、嫌だと思っているかもしれない。

だが、たとえそうでも、今泉なら自分で断るだろう。

夜、公演が終わった後、師匠と歌舞伎座を出てタクシーに乗った。大部屋役者の給料では、毎日タクシーで帰宅などということはできるはずもない。これも内弟子の特権のひとつである。

昭和通りを走っているときに、急にわたしの携帯が鳴った。

「はい」

「小菊さんかい？　今日はどうも。国高だけど」

「ああ、どうも」

少し不思議に思った。国高から電話がかかってくるなんて珍しいことだ。楽屋が同じになったとき、たまに終わってから飲みに行くくらいで、個人的に連絡を取り合うほど親しいわけではない。

なぜか、国高の声は深刻だった。

「ちょっと、話したいことがあるんだけど、時間はないかい？」

「時間？」

隣に座る師匠を、ちらりと見る。師匠は、話の内容などには興味ないらしく、のんびりと外を眺めている。

わたしが戸惑っていることに気づいたのか、国高が笑った。

「ああ、お互い内弟子の立場だから、自由になる時間は少ないよね。でも、わたしは明日の午前中、少し時間が空くんだ。小菊さんはどうだい？」

「ちょっと、待っておくれ」

わたしは携帯を耳から離すと、師匠に尋ねた。

「師匠、明日の午前中、なにか用がありますか？」

「いや、特にないよ。用があるなら、出かけておいで」

「すみません」

わたしは礼を言って、国高との電話に戻った。

「大丈夫だよ。どこに行けばいいんだい」

国高は、師匠の家の最寄り駅を指定した。

「悪いね」

そう言ってから、国高の声はひどく真剣になる。

「それでも、小菊さんに知らせておきたいことだから」

おやすみと言って、電話は切れた。わたしは、胸騒ぎのようなものを覚えながら、携帯を鞄にしまった。

隣の師匠は、シートにもたれて目を閉じている。たぶん、眠ってはいない。それでも、目を開けているのもおっくうなほど疲れているのだろう。

舞台は、エネルギーを吸いつくす。それも真ん中に立つ人ならなおさらだ。

わたしは窓の外に目をやった。

タクシーは記憶と同じ道を走り続けていた。

七年前、内弟子だった頃に戻ったような気がした。

翌日、わたしは駅の改札まで国高を迎えに行った。

彼は、すでに改札の外に立って、料金表を眺めていた。女形にしては高めの身長と、小さな顔。彼が衣装を身につけているところは、夢二の絵に似ているとだれかが言っていた。

「小菊さん、わざわざすまないね」

恐縮したように頭を下げる。だが、昨日、国高は言っていた。わたしに知らせておきたい話だと。

「あんたこそ、わざわざ近くまできてもらって悪いね」

わたしたちは連れ立って、近くの喫茶店に入った。

だれでもというわけではないが、女形同士には同胞意識に似た感情を覚える。

性差の狭間《はざま》にいるもの同士。多くの男たちとは違う尺度で生きているし、かといって、女だというわけではない。

もちろん、女形と言っても、わたしのように普段も女ことばを多く使い、女のようなふるまいをする者もいれば、普段はほかの男とまったく変わらない者もいる。それでも、確実にわたしたちは、世間の男たちの価値観とは違うところに生きている。

わたしは紅茶を、国高はアイスコーヒーを注文した。

「話しておきたいことって、なんだい？」

注文したものが届くと、わたしはそう切り出した。

ミルクとガムシロップをコーヒーが薄まるほど入れていた国高は、手を止めてわたしを見た。

「小菊ちゃんが、菊花さんに怒られなきゃいいと思ってね」

わたしは戸惑って、瞬《まばた》きをした。

「怒られるって、どうして」

記憶をたぐるが、怒られるようなことは思い浮かばない。

「うちの若旦那のことだよ。探偵を紹介してくれって、言ってただろう。わたしは、本当は小菊さんに迷惑がかかるんじゃないかと思って、遠回しにやめた方がいいと言ったんだけど、若旦那は聞きやしない」

わたしは眉間にしわを寄せた。

「でも、わたしが紹介しなくても、調べれば電話番号くらいわかるだろう。今泉を紹介したくらいで、文句を言われるようなことはないよ」

「そうなんだけどねえ」

国高の顔はそれでも暗い。わたしはおずおずと尋ねた。

「国蔵さんは、今泉になにを調べてもらおうとしているのかい」

「今泉さんって、その探偵さんだね」

わたしは頷いた。それが、あまりにも非常識な依頼だとすれば、彼は引き受けることはしないだろう。

国高は口籠もった。ストローを細い指先でもてあそぶ。細い、本当に細い指。

「若旦那は、岩井芙蓉さんの事件をおかしいと思っているらしいんだ」

意外な名前が出て、わたしは紅茶にむせた。

「岩井芙蓉さんの事件って……あの火事かい」

「ああ、どうしてそう思うのかわからないけど、『あれはただの火事じゃない』ってそう言っているらしいよ。もちろん、誰彼にではなく、本当に親しい相手だけだけど」

どうして、そんなことを思うのだろう。中村国蔵と岩井芙蓉は、親戚でもないし、親しい友人ですらない。

「どうしてそんな……」

「わからないよ。でも、あの事件が報道された頃の若旦那はおかしかった。ずっと塞《ふさ》ぎ込んでいて、ぶつぶつ独り言を言ったりしていた。すぐに元に戻ったけれど」

「だって、国蔵さんは芙蓉さんと仲がいいわけではないだろう。奥さんだって、同じ梨園の中だから、顔は知っていただろうけど……」

塞ぎ込んでしまうほどの関係があったとは思えない。

いや、それともあったのだろうか。

国高は、憂鬱そうにためいきをついた。

「知らないよ。若旦那は、芙蓉さんのことになると、意地を張るから」

しかし、意地を張るというような話ではない気がする。国蔵は、芙蓉のなにを知っているというのだろう。

「それにしても、こんなことがお偉いさんの耳に入ったら、若旦那はどんな扱いを受けるかわかりゃしない。強い後ろ盾があるわけでもないから、この先いい役がもらえなくなる可能性だってある。小菊さんだって、師匠から叱られてしまうだろうし……」

「いや、わたしが叱られるなんてことはないだろうけどさ」

師匠はそんな、事なかれ主義な人間ではない。だが、決して笑い事や勘違いですむ話ではないのもたしかだ。

わたしは国高の顔を見ながら、考えた。

今泉に相談した方がいいのかもしれない。


国高と別れてから、わたしは今泉に電話をかけた。

幸い、帰らなくてはならない時間まで、あと二時間ほどある。

「はい、今泉探偵事務所です」

山本くんのはきはきした声が、受話器の向こうから聞こえてくる。

「山本くん？　小菊だけど」

「あ、はい。お世話になっています」

なぜか、山本くんはそんなことを言い出した。お世話などした覚えはない。

「なに言っているんだい。他人行儀な」

まあ、親子でも親戚でもないから、他人といえば他人なのだが、こんな事務的な挨拶をされたのははじめてだ。

「今泉ですか？　今、来客中なので、改めてかけ直します」

山本くんはわたしを無視するようにそう言った。やっと、わたしも気づいた。

「中村国蔵がきているんだね」

「ええ、そうです。その件についてはおっしゃるとおりです」

わたしは受話器を握りなおした。

「話はまだ、長びきそうかい？　これから行きたいんだけど」

「いえ、そのようなことはございません。お待ちしております。ですが、念のため、また お電話いただけると助かります」

「じゃあ、これから向かうよ」

わたしはそう言って、電話を切った。

やはり、穏やかではない相談内容だったようだ。わたしから電話があったことすら、国蔵には悟られたくないと、感じたのだから。

今泉の事務所は、古びたビルの中にあった。事務所と住宅が入り交じっているが、古さゆえに空き部屋も多い。今泉と山本くんは、このビルの一室を事務所兼自宅として使っている。

ビルの近くまできて、携帯で電話をかけた。今度は今泉が出た。

「小菊か？」

「国蔵がきていたんだろう。もう帰ったかい」

「ああ、さっきね」

「じゃあ、これから行くよ」

今泉は少し口籠もった。

「きたって、依頼人の秘密は明かせないぞ」

ということは、今泉は国蔵の依頼を引き受けたようだ。

「わたしだって、多少は情報を仕入れているんだよ。ブンちゃんに迷惑なんかかけないさ」

もし、国高の言うとおり、芙蓉のことではなく、別の私的な調査なら、国蔵の依頼内容に興味などない。

「近くまできたから、寄ろうと思っただけさ」

「わかった」

わたしは携帯の通話を切ると、ビルの中に入る。

今泉文吾探偵事務所と書かれたステンレスの表札を横目で見ながら、わたしはインターフォンを押した。

すぐに山本くんが顔を出す。

「小菊さんいらっしゃい」

足下には、白いテリア種の犬が、ぶんぶんしっぽを振っている。看板犬のハチである。

なかなかきかんぼうな犬だが、最近やっと、わたしのことを遊び友達と認めてくれたようである。

飛びついて顔をなめてくるハチを適当にあやす。

今泉は、ソファに座ったまま、険しい顔をしていた。

「小菊さん、お昼はまだですか？　これからチャーハン作ろうと思っているんですが、一緒にどうですか？」

台所に向かった山本くんを、ハチは追いかけていく。

「ごちそうになってかまわないかい？」

「いいですよ。二人分作るのも、三人分作るのも同じですし」

わたしは、今泉の向かいに腰を下ろした。

「国蔵の依頼って、岩井芙蓉のことなのかい？」

今泉は驚いたように目を見開いた。やはり図星だったようだ。

「役者の間で、噂になっているのか？」

そう尋ねられて、わたしは首を横に振った。

「岩井芙蓉の自宅の火事に、おかしいところがあるというのだろう？　そんな話、ほかでは聞いたことがないね」

確かに、火事は不審火で、放火の疑いさえあると言っていた。だが、それを調べるのは警察の役目だ。

「国蔵が、そう考える根拠というのは聞いたのかい」

今泉は眉間のしわを深くした。

「聞いたが……それが、事件に不審なところがあるという根拠になるとは思えない。あまりに短絡的だ」

「いったい、国蔵はなにを言ったんだい」

教えてはもらえないだろうが、一応尋ねてみる。今泉は不快そうに首を振っただけだった。

「小菊、教えてくれないか。岩井芙蓉と中村国蔵はいったい、どんな関係なんだ」

わたしは唇をなめた。どう説明していいのかわからない。

「わからないよ。だれでも知るような大きなきっかけがあったわけではない。ただ、あのふたりは、梨園では犬猿の仲だと噂されている」

すれ違っても、口をきかないどころか、目すら合わせない。もちろんふたりとも若手で、演目や配役を指定できるほど大物ではないから、同じ演目に出ることもあるが、そのときでも台詞以外にことばを交わすことはない。

たしかに、狭い世界だから仲の悪いもの同士はいる。だが、あのふたりの変わったところは、それだけではないのだ。

「同じ役を演じたがるんだ。まるで張り合うように」

ここ数年のことだろうか。国蔵が芙蓉の位置までのし上がってきてからだ。芙蓉が八《や》重垣姫《えがきひめ》を初役で演じれば、しばらく後に国蔵がやる。国蔵がお嬢吉三《じょうきちざ》をやれば、その後に芙蓉が地方公演でやる。どちらがどちらを真似ているのかはわからない。もしかすると、彼らにもわかっていないのかもしれない。

それでも、相手が挑戦した役を、奪うようにして自分も演じようとする。まるで、自分の方が、優れた女形であるということを、証明しようとするかのように。

「わからないよ。あのふたりがなにを考えているのか」

わたしはそう言って、ためいきをついた。

今泉は指を組み合わせて、目を閉じた。散らばったパズルを組み合わせようとしているようだった。たぶん、ピースはまだ全部揃ってはいないのだろうけど。

四　実――半年前――

美咲さんは酔っていたのだと、わたしは思っていた。

でなければ、わたしにそんな告白をするはずがない。わたしは、彼女の夫の仕事関係者だ。ただの女友達ではない。

だから、わたしは聞いたことを忘れようと思っていた。たぶん、彼女も自分がそんな告白をしたことを忘れているか、もしくは真っ青になって後悔しているか、どちらかだ。

好きな人がいる、だなんて。

それとも、彼女は、わたしの彼女への忠誠心を確かめようとしているのかもしれない。忠誠だなんて嫌なことばだ。彼女はそれを友情ということばに置き換えるだろう。それでも、わたしの側から見れば、忠誠を試されているとしか思えない。

美咲さんの秘密を、芙蓉さんに知らせるかどうか。

どちらにせよ、わたしも酔っていたことにした方がいいはずだ。

それなのに、その次に会ったとき、美咲さんはこんなことを言った。

「実さん、好きな人いる？」

わたしは戸惑って、美咲さんの顔を凝視した。

「わたしの好きな人の話をしてあげるから、実さんも聞かせて？」

困惑しながら、手にした薄いカップに視線を落とした。シティホテルのティールームにふさわしい、繊細な薔薇の模様のティーカップ。中で紅茶が、夕焼けみたいな色で揺れている。

まるで、目の前の人みたいだ。とても上品できれいなのに、どこか押しつけがましい。真っ白な飾りのないティーカップの方がずっと好きだ。

学生の頃、もちろん好きになった人もいたし、ちょっとだけつきあった人もいた。でも、ほんの少しだけ。わたしは決して、男性に気に入ってもらえるようなタイプではないし、学校を卒業してからは、出会いも少ない。

「今はいません」

そう答えると、美咲さんは、大げさに目を見開いた。

「だれもいないの、どうして？」

「どうしてって……そりゃ、友達で好きな人はいますけど……そういう意味じゃないですよね」

「当たり前じゃない」

少し腹が立ってくる。わたしは紅茶をがぶりと飲んで言った。

「美咲さんこそ、いいんですか？　わたしにそんなこと言って」

「あら、どうして？」

「だって、わたし、芙蓉さんところの番頭ですよ」

美咲さんは、くすくすと笑った。動じた気配もない。

「だって、恋人とか不倫相手とか、そういう話じゃないのよ。ただ、好きな人よ。それが悪いことなの？」

その返事を聞いて、少しだけほっとした。どうやら話はそれほど生臭いものではないようだ。美咲さんが、ただ憧れている人がいるというだけの話らしい。

よく女優や歌手などが、女性雑誌のインタビューで言っている。「いつだって、恋をしていたい」だとか。

彼女も、そんな表面だけきれいに聞こえることばに、操られているのだろう。だが、間違いなくそれは、夫に対する裏切りではないのだろうか。

恋をすると、女性はきれいになる、なんてこともよく言われるけど、恋のせいで、みっともなくなる女性だって、いくらでもいるではないか。

美咲さんの顔は急に真剣になった。

「わたしね。こんなに人を好きになったことって、はじめてなの」

わたしは息を呑んだ。どう答えていいのかわからない。

「どうして、わたしにそんなことを言うんですか？」

やっとのことで、そう言った。美咲さんの目が、かすかに伏せられた。

「実しか、話す人がいないの」

人を好きになるって、どんなことなのだろう。

世の中では、恋とか愛とかのことばが、まるで包装紙のリボンみたいに乱用されているけれど、本当のところ、わたしにはわからないのだ。

みんなは、わかっているのだろうか。単なる性欲や、感情の盛り上がりなどではなく、世間に散らばっている愛や恋という曖昧なことばから、リアルなものを実感することができるのだろうか。

だとすれば、わたしには人として大切なものが、欠けているのに違いない。


次の日は公演の初日だった。

チラシを机の上にきれいに並べながら、わたしは三嶋さんに尋ねた。

「芙蓉さんと美咲さんって、恋愛結婚なんですか？」

芙蓉さんのファンではあったが、わたしは役者個人の私生活にはまったく興味がなかった。あのふたりがどうやって出会ったのかなんて、まったく知らない。

三嶋さんは、驚いたような顔をした。わたしがそんなことも知らなかったことに驚いたのか、それともいきなりそんなことを尋ねたことになのか。

わたしはいいわけをするように、付け足した。

「なんだか、芙蓉さんって舞台を降りても、可憐なお姫様みたいなところがある人だから、想像できなくて」

それは嘘ではない。三十を過ぎた男の人に「お姫様みたい」はないだろうけど、彼は俗世間から切り離されているように見えた。透き通るように白い肌と、女性よりも細いかもしれない身体。物腰だって、どんな女性よりも女性らしい。なんだか、恋愛をして、プロポーズをして、なんて想像できない。

三嶋さんは首をかしげた。

「正式にお見合いをしたわけではないのだけど、お世話になっている人の紹介という形だったらしいわよ。そこからつきあいはじめて、結婚に至ったわけだから、恋愛結婚と言ってもいいんじゃないかな。でも、そんなふうにふたつに分けてしまうのも、極端な話よね」

「そうですね」

昔のように、釣書だけで決断し、式当日になってからはじめて結婚相手の顔を見るなんてこともないだろう。

三嶋さんはチラシの束をわたしに渡して、くすくす笑った。

「でも、芙蓉さんはああ見えて、昔は結構派手だったわよ。芸妓さんとか、モデルとか。結婚してからは、まったくそんなことなくなったけど」

わたしは苦いものを飲まされたような気持ちになった。三嶋さんに悟られたくなくて、一緒に笑う。

「そうだったんですか？　意外」

「ね、外見からは想像もできないでしょ」

そんな話を聞きたくはなかった。ひどく不快な気持ちになっている自分に気づいて、わたしは驚く。芙蓉さんがどんな女性とつきあおうと、興味なんかないはずなのに。

それとも、不快なのは三嶋さんの下世話な口調のせいだろうか。

結婚前の芙蓉さんを知ることがなくてよかった、と思う。今の芙蓉さんには、そんな噂などない。結婚してからは、美咲さんのことだけを考えているのだろう。

ふいに、芙蓉さんのことがかわいそうに思えてきた。

彼は、美咲さんが自分を裏切っていることを知らない。


その月、芙蓉さんは名古屋の御園座《みそのざ》に出演していた。

必然的にわたしたち裏方も、ほぼ一ヶ月間、名古屋に滞在することになる。たまに用事で一日、二日東京に帰ることになっても、すぐに戻ってこなくてはならない。

一ヶ月のホテル住まいは、不自由なことばかりだ。わたしは枕が変わると眠れないわけではないと思っていたが、それでも月の後半になると、「早く自宅の布団で眠りたい」と思うようになる。好きなコーヒーだって、部屋で飲めるのはインスタントばかりだ。

もちろん、それは役者さんたちも同じだろう。わたしたちよりも、ずっといいホテルに滞在していても、ストレスはそれなりにたまるはずだ。

そのせいか、その月の芙蓉さんは、ひどく疲れているように見えた。

いつもは、わたしたち裏方に対しても笑顔を絶やさない人だし、お弟子さんを人前で叱りつけることなどしない。

それなのに、いつ見かけても、渋い顔をして、苛立っているように見えた。

まだ公演は前半だというのに、大丈夫だろうか。わたしは気にかかって仕方がなかった。

五年ほど前、芙蓉さんは一度過労で倒れている。

それほど深刻な事態ではなかったが、公演の半ばで、舞台を三日間休まなければならなかったという。そのころ、わたしはまだ、この仕事をはじめてはいなかったが、噂だけは聞いた。

芙蓉さんは、まわりに迷惑をかけてしまったことを、ひどく気に病んでいたらしい。

それから、健康管理に万全の注意を払いはじめたと、わたしは三嶋さんから聞いた。

たしかに芙蓉さんは、神経質なほど体調に気を遣っていた。

朝は、どんなに忙しくても必ず三十分ほど走り、ジムにも週に二度ほど行っている。

脂っこい食べ物もほとんど口にしないし、お酒だって飲まない。

ダイエットしようとしてもいつも失敗するわたしからは、信じられない精神力だった。

華奢《きゃしゃ》で頼りなげに見えるこの人に、こんな強い意志が宿っていることを、知っているのはすぐ近くにいる人間だけだろう。

芙蓉さんは、自分からそんなことを自慢げに語ることもない。

美咲さんは、週に一度、こちらに通ってきていた。三日ほど滞在して、また東京に帰る。地方公演のときの彼女はだいたいそんな感じだった。ほかの役者さんの奥様たちとくらべて、特別熱心なわけでもなく、かといって不真面目なわけではない。

ただ、公演が終わるまで自宅に戻ることができないわたしたちにとっては、彼女のスケジュールは羨《うらや》ましいものだった。行き帰りに時間がかかるといっても、名古屋など新幹線で二時間だ。

短い時間でも自宅に戻ってゆっくりとくつろぎたい。そう考えているのはわたしだけではないはずだ。

美咲さんは名古屋へくると、特に用事のない日はわたしをお茶へと誘った。

夜の部が終わるのが九時過ぎ。それからだから、店の選択肢は少ない。疲れていて、お酒を飲む気分にもなれなかった。

だから、わたしたちはたいてい、彼女が泊まっているホテルのラウンジでお茶を飲んだ。

その日も同じだった。ちょうど公演がはじまって一週間ほど過ぎたころ、わたしたちはいつもの席で、何度目かのお茶を飲んでいた。

ふいに、美咲さんが通りすがった人を目で追った。知人なのだろうか、とわたしも視線をたどって振り返る。

芝居の関係者かと思ったが、見たことのない男性だった。背が高く、背中の広い人。

美咲さんは、わたしの仕草に気づいたらしく、かすかに微笑した。

「どうかしたんですか？」

彼女はどこか寂しそうな目で、もう一度振り返った。

「今の人、わたしの好きな人に似ていた」

わたしは息を呑んだ。先ほどの男性の顔を思い出そうとしたが、靄《もや》がかかったように曖昧だ。記憶にあるのは、スーツを着た広い背中だけ。

だが、それだけでもわかる。芙蓉さんとはまったく違う雰囲気の人なのだろう。

たくましい、男らしい人。わたしは、頭の中でその人を思い描いた。

美咲さんとその人はどんなふうに出会ったのか、そうしてどんなことばを交わしたのか。美咲さんはどうして、その人を好きになったのか。

それと同時に芙蓉さんの疲労した表情も思い出されて、わたしは唇を噛んだ。

「ごめんなさい、美咲さん。わたし、あんまりそういう話、聞きたくないです」

言いにくいことばがするりと自分の口から出てきたことに、わたしは自分でも驚いた。

「どうして？」

あまりにも無邪気な返事。

「だって……芙蓉さんがかわいそうです」

美咲さんは、しばらくわたしの顔を凝視した。その目に暗いものが宿っていたように見えたのは気のせいだったか。次の瞬間、彼女は笑った。

「秀人さんはそんなこと気にしないわよ」

絶句しているわたしに、彼女は悪戯っぽい口調で言った。

「それとも、秀人さんに言う？」

「言うわけないじゃないですか！」

彼女はわたしのことばなど聞こえないかのように話を続ける。

「言ってもいいわよ」

「そんな……」

いくらなんでもひどすぎる。美咲さんは芙蓉さんに対して、なんの愛情も持っていないのだろうか。

さすがにそれを尋ねるのははばかられた。

それに、本当に「愛情などない」と言われたら、わたしはどう答えればいいのだろう。

すべては、わたしになんの関係もないことだった。悩む必要もなく、不快になる必要もない。それなのに、わたしは胸の奥に重苦しいものを抱えるようになった。

美咲さんの告白を聞いてしまってから。

わたしはなにも関係ない。あのふたりが別れようが、仲直りしようが、わたしの立場はなにも変わらない。

そう何度自分に言い聞かせても、気持ちは晴れなかった。

わたしはなにに苛立っているのだろう。


美咲さんが東京に帰った次の日、わたしはご贔屓さんからいただいたご祝儀を届けるため、芙蓉さんの楽屋を訪ねた。

今月は若手中心の公演で、役者も揃っていない。必然的にどの役者も出ずっぱりとなる。そんな中、珍しくぽっかりと二時間ほど芙蓉さんの時間が空いていた。

芙蓉さんは、たいてい、外にお茶さえ飲みに行かず、楽屋で過ごしていた。食事は出前を取って、静かに本を読むか、舞台のモニターを眺めるか。

だから、わたしは受付で確かめることもなく、そのまま芙蓉さんの楽屋へとあがった。

「芙蓉さん、失礼します」

わたしは声をかけてのれんを持ち上げた。

一瞬、わたしは息を呑んだ。

芙蓉さんは浴衣姿のまま、壁にもたれて居眠りをしていた。風呂上がりで、きちんと乾かさなかったのか、少し伸びかけた髪が額に貼り付いていた。

不安になるほど色の白い顔。一瞬、どきりとしたのは、彼が死体みたいに見えたからだ。

だが、浴衣の胸は規則正しく動いている。わたしは頭を振って不吉な連想を追い払った。

なんとなく声をかけづらくて、そのまま立ち去ろうとしたとき、後ろに背の高い人が立った。

「あ……」

「あれ、玉置さん？」

芙蓉さんの弟子の、蓉二郎《ようじろう》さんだった。すっきりとした背の高い立役で、大部屋役者ながらそこそこ贔屓もいる。どうやら、洗濯がすんだ手ぬぐいや浴衣を持ってきたようだ。

「若旦那は？」

「あ、お休みになっているみたいなので……」

その声を聞いたのか、芙蓉さんが目を開けた。気怠《けだる》げに壁からゆっくり身体を起こした。

その様子は、さわやかな目覚めという感じではなかった。やはり、ひどく疲れているように見えて仕方ない。

「玉置さん、どうかした？」

「いえ、上田先生からご祝儀をいただきましたので、それを……」

彼は両腕を伸ばして息を吐いた。それからわたしに微笑する。

「それは、どうもご苦労様。美咲にお礼状を書いてもらわないとね。彼女はもう帰ったんだっけ」

それを聞いてわたしは驚いた。美咲さんは芙蓉さんに会って帰らなかったのだろうか。

「ええ、そうおっしゃっていましたけど」

「そう。じゃあ悪いけど、電話でそう言っておいてくれないかな」

「わかりました」

芙蓉さんはふいに真剣な顔になった。

「美咲がいろいろお世話になっているらしいね。本当に助かるよ」

「え、わたしですか？」

「そう、玉置さんとお茶を飲んだり、おしゃべりをしたって、いつも楽しそうに言っているよ。彼女はほら、少しわがままなところがあるから、女友達があまりいないらしくてね」

「そんなことないです」

わたしが否定したのは、芙蓉さんに対する気遣いからだけではない。美咲さんは、たしかにこちらの思惑など気にしないところはあるが、わがままというのとは、少し違う。

「わたしだって、いろいろおしゃべりできて楽しいですし……」

「そう言ってもらえると助かるよ」

芙蓉さんは本当にほっとしたような顔になった。

わたしが辞すとき、蓉二郎さんも一緒に楽屋を出た。

「玉置さん、若奥さんと仲がいいんですか？」

わたしは苦笑して答える。美咲さんが、あまりお弟子さんたちに評判がよくないことは知っている。

「ときどき、お茶を飲んだり、買い物に行ったりするくらいですよ」

蓉二郎さんは、感心しているような声を出した。その声がなにを意味しているのかはあえて聞かないことにする。

ふいに、以前から気になっていたことを思い出した。

「芙蓉さん、お疲れになっているんじゃないですか？　まだ月の前半なのに……」

顔色も妙に青白いし、今日のように居眠りをしているところなど見たのははじめてのことだ。

「あ、ん、まあね」

蓉二郎さんは、なぜか微妙な顔をした。まるで、芙蓉さんが疲れているわけに、心当たりがあるようだ。

「どうかしたんですか？」

蓉二郎さんはあたりを見回して、そうして声を潜めた。

「だって、今月中村国蔵と一緒でしょう」

「え？」

中村国蔵というのは、最近めきめき人気が出てきた女形役者だ。芙蓉さんと同年代だが、役者としてのタイプはまったく違う。

　そういえば、以前、国蔵さんと芙蓉さんの仲が悪いと耳にしたことがある。役者さんのゴシップにはまったく興味がないから聞き流していた。

「いつもは、同じ劇場に出ていても、演目までかぶることは少なかったけど、今回はもろに毎日顔を合わせることになるからねえ。若旦那もストレスがたまるんだろう」

　確かに今月の昼の部、芙蓉さんは「新版歌祭文《しんぱんうたざいもん》」のお光を演じている。そうして、国蔵さんが演じるのが、油屋お染。お光の許嫁《いいなずけ》である久松が恋をする油屋のお嬢様だ。まさにライバル同士という役である。

　どちらかというと、可憐な印象のある芙蓉さんの方がお染の雰囲気なのだが、「新版歌祭文」という芝居はお光が主役である。年齢は近くても、役者としての格は芙蓉さんの方が上なので、自然にそういう配役になったのだろう。

「国蔵さんと芙蓉さんの間になにかあったんですか？」

　ぶしつけかと思いつつ、そう尋ねる。蓉二郎さんは首をかしげた。

「いやあ、なんとなく虫が好かないってやつじゃないかなあ」

「国蔵さんの方も？」

「たぶんね。まあ、はっきり聞いたわけじゃないけれど」

　蓉二郎さんはそう言うと、悪戯っぽい顔になって自分の口を押さえた。

「おっと、おしゃべりが過ぎてしまいましたね。じゃあ、わたしはこれで」

わたしはあわてて頭を下げた。彼は片手をあげると上に続く階段を上っていった。

わたしが中村国蔵という名前を意識しはじめたのは、このときが最初だったのかもしれない。

ホテルの部屋に帰ってパソコンを立ち上げると、美咲さんからのメールが入っていた。書き出しに、お仕事お疲れ様です、などと書いてあって、なごんだのも一瞬だった。

実は聞きたくないと言ったのに、こんなことばかり聞かせてごめんね。でも、実以外に話す人はいないし、吐き出さないとおかしくなってしまいそう。今も、ひとりの部屋で寝ようと思ったら、そのことで頭がいっぱいになってしまった。自分の心臓の音だけが、大きく聞こえて、息が詰まりそうになったの。

どうして、人間ってこんなふうになっちゃうんだろう。

だれかのことを、衝動的に好きになんかならずに、今のままで幸せだと思えたら、どんなにいいだろう。

わたしきっと、いつか、とんでもないことをする。そうして、わたしの大好きな人にきっとひどい迷惑をかけてしまう。嫌われてしまう。

それだけではなく、わたしのまわりにいるわたしのことを大切に思ってくれている人たちをきっと傷つけてしまう。

ねえ、実。わたし、どうしたらいいと思う？


わたしはためいきをついて、メールソフトを閉じた。

このメールに、わたしは返事をかかなくてはならないのだろうか。だとしたら、どんな返事を？

疲れているのに、心配事を増やすのはやめてほしい。

苛立ちながら、わたしはペットボトルのお茶を口に含んだ。

たぶん、美咲さんは本当はわたしのアドバイスなど必要としていないのだと思う。ただ、自分の日記を書くような気持ちで、恋をしている自分に酔いながら、こんなメールを打ち込んだのだろう。

だから、そんなもののために、わたしが真剣に悩むのは莫迦《ばか》らしい話だ。

わたしはもう一口、お茶を飲むと、またメールソフトを立ち上げた。

昼間、芙蓉さんから頼まれた、お礼状に関する言づてを返信メールとして打ち込んで、最後になおざりにこう付け加えた。

「美咲さんが悩んでいることはよくわかります。でも、美咲さんを大切に思っている人のことを考えてあげてください」

適当に選んだ口当たりのいいことばだけど、書いてみたら、それがわたしの本心だったような気持ちになる。ことばって、本当に不思議だ。

一度読み返して、それから送信をクリックする。

美咲さんはどんな気持ちで、このメールを読むのだろう。


次の日、わたしは昼の部の舞台を観ることにした。

もちろん、初日やその後も何度か舞台は観ている。ロビーにいなくてはならないのは、主に幕間だから、席さえ取ればいつだって芝居を観ることはできる。「新版歌祭文」の通称「野崎村《のざきむら》」と呼ばれる一幕。有名な、お染久松の逸話を題材にした狂言である。わたしはこのお芝居が大好きだった。

油屋の娘のお染と丁稚《でっち》の久松の恋は、ほかにもいろんな狂言になっている。しかし、「野崎村」では主役はこのふたりではなく、お光という田舎娘だ。

主人の娘との恋が明るみに出て、奉公先の油屋を追い出された久松は、百姓久作のところに身を寄せている。久作は久松の乳母の兄であり、我が子同然に久松を育ててきた老人である。

久作は、娘であるお光と久松を夫婦にしようと考えて、お光に祝言《しゅうげん》の準備をさせる。久松を恋い慕うお光は大喜びで、祝言の膳をこしらえる。

そこへ、お染が野崎参りにかこつけて、久松を追いかけてくる。親の決めた嫁入り先に嫁ぐくらいなら、久松と一緒に死のうとまで考えたのだ。

美しいお染に出会ったお光は嫉妬する。

久作はお染と久松のふたりを説得する。ふたりが心中するつもりであることを察して、どうかお互いのことを思い切り、別々の道を行くように意見するのだ。

お染と久松は、久作の意見を受け入れる。お染は親の決めた嫁入り先へ行き、久松はお光と祝言をすると約束する。

しかし、お光だけはふたりの本心を見抜いていた。ふたりの決意は固く、久作のことばを受け入れたふりをしつつ、本心では心中を覚悟していることを見破ったお光は、髪を削《そ》いで数珠《じゅず》を首にかけ、尼になる決心をするのだ。

久松を愛しながら、彼の命を助けるため、自分は身を引いて、お染と一緒にしようとする田舎娘お光の決意。そのいじらしさが、この芝居の魅力だろう。

小柄で華奢で、そうして醸し出す雰囲気もどこか寂しげな芙蓉さんの演じるお光は、胸が痛くなるほど、哀れに見える。

国蔵さんは、女形にしてはがっちりとした体格をしているから、お染の雰囲気とはかなり違うが、それでも、身振りや声できちんと娘らしさを出している。芙蓉さんと仲が悪いと聞くと好感は持てないが、たしかに上手な役者さんだと思う。

舞台の上では、とてもふたりが仲が悪いとは思えない。もちろん、この芝居のお光とお染は、久松を巡る恋のライバルなのだから、お光がお染に意地悪をしたり、お染はお光に嫉妬した様子を見せるという場面はあるが、それとは関係はない。

役者同士の仲の悪さというのは、見慣れた人間には、なんとなく伝わってしまうものだ。舞台の上でも視線を合わさなかったり、お互いの芝居を殺し合うような演技をしてしまうとか。

しかし、芙蓉さんと国蔵さんの息はぴったりと合っていた。芙蓉さんも主役でありながら、国蔵さんを際だたせる場面では引き、国蔵さんも必要以上に出しゃばって、主役を食うような演技はしない。

本当にふたりは仲が悪いのだろうかとすら思うほどだった。

だが、芙蓉さんの身近にいる蓉二郎さんが言うのだから、それはたぶん真実だ。単にふたりが大人で、舞台の上に私情を持ち込まないだけなのだろう。

舞台の上では、お光が尼になる決心を告白していた。綿帽子の下から、ふっつりと切った髪を見せ、白無垢の下から数珠と袈裟《けさ》を見せる。

ほんの少し前まで、許嫁との祝言にはしゃいでいた娘の悲しい変貌。

「所詮望みは叶うまいと、思いのほかの祝言の、杯するようになって、嬉しかったはたった半刻《はんとき》」

嬉しかったは、たった半刻。

お光の悲しみが胸に響いて、わたしは唇を嚙みしめた。

それと同時に、久松とお染に対する腹立たしさがこみ上げてくる。

恋人たちは、ときどき、どうしようもなく残酷だ。自分たちの恋がまわりの人々を不幸にするなんて、考えもしない。

その次の日のことだった。

上演中に、わたしは用事があって郵便局へ向かっていた。先の公演のチラシが刷り上がってきたので、それをご贔屓さんたちに送らなければならなかったのだ。特に大事なご贔屓さんには美咲さんが手書きで送るが、多くの場合はパソコンで印刷した宛名シールを使う。それはこちらの仕事になるのだ。

人混みの中を歩いているとき、ふと、通りの向こう側に見覚えのある洋服を見つけた。メロンシャーベットみたいな優しい緑のスーツ。美咲さんがよく着ているものだ。

わたしは足を止めて、その女性を目で追った。

顔がわかるほど近くはないが、肩のあたりでカールした髪型や背格好も美咲さんと同じだった。

美咲さんのはずはない。ただの他人のそら似だろうと思う。彼女は今は東京にいるはずで、次に名古屋にやってくるのは来週だ。今朝、用があって携帯に電話して喋ったが、名古屋にくるなんてひとことも言っていなかった。

そう思って通り過ぎようとしたが、なぜか気になる。

もう一度、通りの向こう側に視線をやって、同じスーツを探す。彼女は横断歩道を渡って、こちらにやってくるところだった。正面から見て確信する。間違いなく美咲さんだ。

どうして彼女が名古屋にいるのだろう。

もちろん、急に用ができてこちらにくる可能性もないわけではない。だが、それならまず、劇場へ顔を出すはずではないだろうか。

彼女が向かっているのは劇場とは反対方向だった。

わたしは、見つからないように彼女の後をつけることにした。

メロンシャーベット色は、オフィス街の中では目立つ。まわりはグレーや紺の背広を着たサラリーマンばかりだ。大して苦労せず、わたしは彼女の後を追うことができた。

彼女はシティホテルの中に入っていった。そこは、芙蓉さんの宿泊先でもなく、わたしたち関係者が泊まっているわけでもない。まったく関係のないホテルだ。

さすがに中に入ることはためらわれて、わたしは意味もなくホテルの周りをぐるりとまわった。

外から見えるガラス張りのティールームに美咲さんが入っていくのが見えた。わたしは気づかれないように距離を取りながら、そのティールームを覗いた。

彼女は明るい笑顔で、席に向かっていく。どうやらだれかと待ち合わせをしているようだった。こちらを見る気配などない。

わたしは意を決して、ホテルの中に入った。彼女が座った席からは、ロビーが見えないはずだ。つまりわたしがロビーに入っても、彼女には見つからない。

尾行なんていやらしい行為だとは思う。だが、見つかっても、似た人を見かけたから声をかけようかどうしようか迷った、と言えば、不自然ではない。実際それは、嘘ではないのだから。

ロビーとティールームは観葉植物で仕切られていた。わたしはそれを眺めているふりをしながら、ティールームにちらちらと目をやった。

さきほど、美咲さんが座ったあたりを探す。

ちょうど柱の陰になって、相手の姿は見えない。わたしはゆっくりとティールームに沿ってロビーを歩いた。

柱の陰から、美咲さんの話し相手の姿が見えた。

わたしの足は自然に止まっていた。今、目の前の出来事が、信じられない気持ちだった。

美咲さんが話しているのは、中村国蔵だったのだ。

五　小菊

あたりは心地よい静寂に包まれていた。

廊下を歩く人の足音だけが、メトロノームのように規則的に響いている。たくさんの人の息づかいは感じるのに、会話はほとんど聞こえない。

図書館などにきたのは、何年ぶりだろう。

若い司書に、本名を呼ばれてわたしは立ち上がった。新聞や週刊誌のコピーを頼んでいたのだ。

十数枚のコピーを受け取って、わたしは取ってあった椅子に腰を下ろした。

三ヶ月前の事件に関する記事。リアルタイムでいくつかは読んでいたが、保存までしようとは思わなかった。

世の中にはたくさんのニュースが流れている。梨園に関するものだけでも少ない数ではない。その中で、再び読み返したいと思うものなど皆無に等しい。

わたしはまず、新聞記事に目を通した。事件があった翌日、十月十六日の朝刊に、その記事は載っていた。

「歌舞伎俳優岩井芙蓉さんの自宅、火事に」

簡潔すぎるほどの見出し。本文にもそれほど多くの情報はない。

「十五日の未明、岩井芙蓉さん（本名市ノ瀬秀人）の自宅が火事になり、二階で眠っていた妻の美咲さんが火傷《やけど》と一酸化炭素中毒のため、重体」

ほかには火事の原因はまだ特定できていないということと、事件当時、岩井芙蓉は友人宅にいたため、不在であったということだけ。

この記事からは、ただの不幸な事件だとしか思えない。ほかの新聞も、みんな似たような記事ばかりだ。

次にわたしは、週刊誌のコピーを手に取った。最初に見たのは写真週刊誌の記事だった。燃え残った芙蓉の自宅がモノクロ写真で掲載されている。

全焼というほどではない。無惨に黒く焼け焦げてはいるが、建物の形は保っている。木造ではなく鉄筋建築だったことが、幸いしたらしい。写真の添え物のような短い記事には、放火らしいということが記されてあった。

たった一枚の写真を目にしただけなのに、わたしはどっと疲れを感じていた。

文章や噂で聞いたことが、急にリアルな存在感を持って押し寄せてきたような気がしたのだ。

火事の中、逃げ遅れ、昏睡状態のままま眠り続けている女性と、彼女の看病をし続ける夫。芙蓉が、どんなに舞台が忙しくても、毎日のように病院に通っているという話は、彼の弟子のひとりから聞いたことがある。

急に、自分がこんなことをしていることが、恥ずかしくなる。

ただの部外者に過ぎないわたしが、彼の事件について調べて、いったいなにがわかるというのだろう。

ほかに、女性週刊誌の記事がいくつかあったが、わたしはそれに軽く目を通しただけで、ファイルにしまった。胸が悪くなるような扇情的な見出しが並んでいて、読むのも不快だった。

ひとつの記事は、事件当時に目にしたことがあった。

全体的には、岩井芙蓉に同情的なふりをしながら、彼がその夜、弟子たちと麻雀に興じていて家に帰らなかったことを、遠回しに責めていた。

彼がその夜、帰ってあげていたら、彼の妻はこんなことにはならなかったかもしれない、と。

そんなことは、なによりも本人がわかっているはずだ。わかっていて、自分を責めているはずのことを、部外者が取り立てて言うことに、なんの意味があるのだろう。

わたしは首を振って、腹立たしさを追い払った。

たぶん、この週刊誌と同じようなことを考える人は、たくさんいるだろうし、わたしだって、自分と関係ない世界のことならば、同じように考えたかもしれない。

噂では、もっとひどい記事も書かれていたらしい。梨園の人間でも聞いたことのない、芙蓉とその妻の不仲をでっち上げて、彼がその夜に限って自宅にいなかったことを怪しむような。

芙蓉の麻雀好きは有名だし、弟子たちと卓を囲むことも多かったという。その夜のことも、決して不自然ではない。第一、事件に怪しい部分があれば、警察が黙っていないはずだ。

いったい、中村国蔵はなんの根拠があって、この火事を怪しいと思っているのだろう。今泉に聞いても教えてはくれなかった。

頭の中にいやな考えが浮かぶ。国蔵と芙蓉がお互いをよく思っていないことは、この業界にいるものならだれでも知っていることだ。

まさか、国蔵は芙蓉を醜聞《しゅうぶん》でたたき落とそうとしているのではないか。歳も近く、実力では拮抗《きっこう》しているとはいえ、名門の出である芙蓉の方が役に恵まれることは多い。自分の人気と実力で這い上がってきた国蔵にとっては、腹立たしいことばかりだろう。

まさか、そんなことはないと思いたい。

わたしは先日会った国蔵の白いカッターシャツと、それに似合う笑顔を思い出していた。

古い映画の中から抜け出してきたような笑顔。

そんなことをする人だとはどうしても思えなかった。

その夜、舞台が終わり、楽屋口から出てくると、そこには山本くんが立っていた。

「こんばんは、小菊さん」

腕には、白い毛玉を抱えている。ハチである。

「あんた、こんな時間にどうしたんだい？」

「ハチの散歩ですよ」

山本くんはしゃあしゃあと言った。しかし、今泉の事務所兼自宅と劇場とはずいぶん離れている。歩いてこられるはずはない。

「先生が、車でこのあたりに下ろしてくれて、ハチくんの散歩をさせろって」

山本くんはにやにやしながら言った。と、いうことは今泉は山本くんを使って、わたしになにかを伝えようとしているのか、もしくは聞き出したいことがあるのか。ずいぶん遠回しな手を使う男である。

少し遅れて師匠が降りてきた。

「おや、山本くんじゃないかい」

ハチに気づいて相好を崩す。

「ハチくんだね。ひさしぶり。大きくなったねえ」

ハチは山本くんの腕の中でしっぽを振っている。師匠とは一年以上会っていないはずだが、覚えていたらしい。師匠はうれしそうにハチの胸元を撫でてやっている。

「これから小菊になにか用があるのかい？」

「いえ、そんなことはありません。ただ、ハチを散歩させているだけです」

銀座で犬の散歩をする奴がいるかい、と心でつっこむ。

「おや、そうかい。特に用事がないのなら、これから車を呼ぶからうちまで遊びにこないかい。ひさしぶりにハチくんとも遊びたいしねえ」

「おじゃましていいんですか？」

「いいとも。帰りは送らせるし、もしよかったら泊まっていきなさい」

まったく、師匠は山本くん（と、ハチ）には甘い。

それとも、彼がなにかをたくらんでいるらしいことに気が付いているのか。

ちょうどやってきたタクシーに、わたしたちは乗り込んだ。師匠と山本くんは後部座席に、わたしは助手席に座る。ハチは師匠の膝の上である。

ハチを挟んで、楽しげに話す師匠と山本くんの声を聞きながら、わたしは考え込んだ。

中村国蔵が、芙蓉の事件についての調査を今泉に頼んだことを、師匠に知られるとまずい。師匠は国蔵のことを可愛がってはいるが、同時に芙蓉と国蔵の対立についてはよく思ってはいない。師匠の耳に入ると、ことが大きくなるだろう。

山本くんは賢い子だから、不用意に師匠に話すことなどないだろうけど。

そう思いながら、バックミラーを覗くと、こちらを見ている山本くんと目があった。

やはり、わたしになにか言いたいことがあるらしい。

自宅に着いて、お茶を一杯だけ飲むと、師匠は疲れたといって、自室に戻っていった。

わたしは、山本くんを自分の部屋に案内した。

「菊花さんは、あのことをご存じなんですか？」

ドアを閉めると、山本くんは真っ先にそう言った。

「知らないよ。だから、あんたも絶対に言わないでおくれよ」

山本くんは頷いた。もちろん、言うまでもなく、彼にはわかっているだろう。国蔵から、依頼を受けたことは、わずかに匂わせることすらしなかった。

「それでも、なにか感づいているかもしれないね」

わたしと山本くんがゆっくりと話す時間をわざわざ作ってくれたように、わたしには思えた。

「きて、まずかったですか？」

山本くんは少し不安そうな顔をした。

「いや、これくらいで、まさか国蔵がなにを頼んだかまで知られることはないだろう」

このくらいで気づくならば、師匠はもともと不穏な空気を感じていたということになる。別にわたしや山本くんのせいだけではない。

わたしは山本くんの向かいに腰を下ろした。

「で、国蔵が頼んだのは、芙蓉の事件についてなのかい？」

山本くんは今泉のようにもったいぶらずに、すぐに頷いた。

「そうです。あの事件には、裏で陰謀が働いているはずだ、と」

陰謀。そのまがまがしいことばに、わたしは息を呑んだ。国蔵のことばがもし正しいのなら、芙蓉の妻は、悪意を持って陥《おとしい》れられたことになる。いったい、だれに。

「はっきりと断言はしませんでしたが、国蔵さんは芙蓉さんのことを疑っているようでした」

「疑っているって……彼が自分の妻を殺そうとしたということかい」

山本くんは少し悲しそうな目をした。

「そうです」

「どうして……」

「国蔵さんは、芙蓉さんと奥さんは、表には出ていなかったけれど、不仲だったと言っていました。でも、それだけでは奥さんを殺す理由になんてならないと、ぼくも先生も思っています」

当たり前だ。不仲なら離婚すればいい。彼らには子供もいないし、離婚をためらう理由などないはずだ。それがスキャンダルになったって、殺すよりはずっとましなはずだ。スキャンダルが命取りになるならいざ知らず、梨園は実力さえあれば、生き残れる世界だ。

「どうして、国蔵はそんなことを……」

「わからない。だから、先生も困惑しているんです」

山本くんは膝の上のハチを撫でながらつぶやいた。

「たとえば、これが芙蓉さんからの依頼なら、先生は全力で事件に取り組んだと思います。もちろん、国蔵さんの依頼だから手を抜くというわけではないけれど、国蔵さんがなにを思って、ぼくたちにこんなことを頼んできたのかがわからないのです。事件に裏があるという重要な証拠を持っているというわけではない。根拠は、芙蓉さんと奥さんが不仲だったというだけだ」

「国蔵はなんと説明しているんだい」

「奥さんとは知り合いだった、と」

しかし、知り合いだったというだけで、そこまで踏み込んだことを言うだろうか。今泉のところは、万年自転車操業だから料金が高いとは思えないが、それでも探偵を雇うのは、ちょっとタクシーに乗るのとはわけが違う。

ここまできて、わたしはやっと山本くんがなぜ訪ねてきたかに思い当たった。

「それで、わたしから梨園の情報を引き出そうというわけかい」

山本くんは目を細めて笑った。

「さすが小菊さん」

「おだててもなにも出ないよっ」

彼はまたすぐ真剣な顔になる。

「先生は、まだ戸惑っているんです。国蔵さんの言うことはもしかしたら正しいのかもしれない。でも、もしそうでなかったら、彼の言うことを鵜呑みにして、事件に踏み込むことで、傷つけなくてもいい人を傷つけてしまうのではないかと」

わたしはふいに思った。

今泉は、探偵などという職業につくのには、優しすぎるのかもしれない。


楽屋に国高が訪ねてきたのは、その翌日のことだった。

「小菊さん、いるかい？」

大部屋の入り口から顔を出して、わたしを呼ぶ。

ちょうど、出番を終え、風呂から出たばかりでくつろいでいたわたしは、浴衣の裾《すそ》を直して立ち上がった。

「どうかしたのかい。急に」

「今、二、三十分ほど時間とれないかな」

わたしは時計に目をやった。師匠の支度をはじめるまで、まだ少しある。

「二十分だったら大丈夫だけど……どうかしたのかい？」

「ちょっと」

そうことばを濁してから、国高はまわりに聞こえないように声を潜めた。

「うちの若旦那が小菊さんに話したいことがあるって」

わたしは息を呑んだ。国蔵の気持ちを邪推したことを見抜かれてしまったような気がした。

「悪いね」

申し訳なさそうに国高はわたしを目で促した。わたしは浴衣姿のまま、上にコートを羽織って階段を下りた。たぶん、二、三十分というからには、この近くの喫茶店で話をするのだろう。だとすれば、わざわざ着替える必要はない。

だが、楽屋口を出ると、国高は車に乗るようにと、わたしに言った。ちょうど白い車が駐車場のいちばん手前に停まっている。

さすがに少し戸惑う。

「え、どこまで行くんだい？」

そう尋ねると同時に、車の窓が開いた。

顔を覗かせたのは、サングラスをした国蔵だった。

「どこへも行きませんよ」

「少し、車でこのまわりを走るだけです。すぐに戻ります」

そう言われて納得する。たしかに喫茶店より、ほかの役者や関係者に話を聞かれる可能性は低い。このあたりの喫茶店は、役者や裏方が休憩していることが多い。

わたしは言われたとおり、ドアを開けて後部座席に座った。

国高が運転席に座って、車を動かした。昭和通りを走る車の群れに、白い車は簡単に紛れてしまうだろう。

国蔵はにっこりとわたしに微笑みかけた。穏やかで優しい笑顔なのに、その裏に激しい感情が潜んでいるような気がするのは、気のせいだろうか。なんとなく胸苦しくて、わたしは曖昧な笑みを浮かべた。

「もうご存じかもしれませんが、今泉さんに会ってきました。わたしのお願いも引き受けてくださいました」

彼の声は空気をふるわせるようによく通る。この声がなければ、彼はこの地位まで這い上がってくることはなかっただろう。

どう答えていいのかわからず、わたしはまた力無く笑う。

「今泉さんから、内容はお聞きですか？」

「いいえ」

嘘ではない。わたしが話を聞いたのは国高と山本くんからであって、今泉はなにもわたしに言わなかった。

「それでも、いつかはお聞きになるかもしれません。今泉さんとは古いおつきあいなのでしょう？」

「彼は依頼人の秘密などは明かしませんよ」

一応、今泉の名誉のためにそう言っておく。

「そうかもしれません。でも、今泉さんに頼んだからには、小菊さんに知られるかもしれないとは思っています。安易に人の善意を信じるような性格じゃないんです」

いやな言い方だ。わたしがむっとしたことに気づいたのか、彼はこう付け足した。

「こちらとしても、善意をあてにできるような立場でもありません。今泉さんが、怪しんで小菊さんに話しても無理はない。そうして、小菊さんが菊花さんに……」

「話しません。そう約束しましたし」

むっとしたまま、そう答えてしまう。国高の背中が緊張したことがわかった。わたしはあわてて言った。

「たとえ、内容を知って、それが不快だと考えても、です」

国蔵がわたしに知られることを覚悟していたとしても、国高が言ったと聞いて、いい気分がするわけはない。下手をすると、国高の今後の扱いにも影響してくる。

「そうおっしゃっていただけるのはありがたいことです。けれども、わたしもそれだけの覚悟をしていることは、ご理解いただきたいと思います」

そう言われて、わたしは息を呑む。国蔵が今泉に依頼した内容を知って、師匠が黙っているはずはない。国蔵はそれも覚悟の上だというのだろうか。

わたしは思い切って、口を開いた。

「国蔵さんは、今泉になにを頼んだのですか？」

さすがに驚いたのか、運転席の国高が一瞬振り返った。わたしと目があって、あわてて前を向く。

国蔵は冗談でも言われたかのように、声を出して笑った。

「小菊さんは、聞きにくいことを聞きますね」

「お嫌なら、無理に聞き出すつもりはありません」

国蔵は、窓の外に目をやった。ゆっくりとサングラスを外す。窓に映った国蔵の顔はかすかに強《こわ》ばっていた。

「わたしは同じ舞台に立つ人を、陥れるようなことを、今泉さんに頼みました」

車は歌舞伎座の前を通っていく。同じルートをぐるぐると回るつもりなのだろう。わたしはどこを見ていいのかわからず、国高の華奢な肩を見つめた。

「わたしの杞憂《きゆう》ならいいと思っています。だが、どうしても黙っていることはできなかった。もし、わたしの考えていることが当たっているのなら、彼女があまりにもかわいそうだ」

彼女というのは、芙蓉の奥さんのことだろうか。そう尋ねることはできないが、それ以外に考えられない。

「彼女とはだれですか？」

素知らぬふりで、そう尋ねたわたしに、国蔵さんは笑いかけた。

「野崎村のお光のような娘がいたんですよ」

野崎村のお光のことは、歌舞伎に関わる人間ならだれだって知っている。

だが、彼女のような娘とは、いったいだれのことなのだろう。

それ以上問いつめることもできず、時間がきて、わたしは国蔵たちと別れた。

結局、国蔵の真意はわたしにはわからなかった。

舞台が終わった後、わたしは師匠に断って、今泉の事務所へと向かった。

「あ、小菊さん」

風呂上がりらしい山本くんが、笑顔で迎えてくれた。

「昨日は、おじゃましました。先生、今風呂に入っていますけど、すぐ出てくると思います」

「悪いね、遅くに」

「いいえ、どうせ宵っ張りなんですよ」

靴を脱いで中にはいる。部屋の隅に置かれた十四インチのテレビが、十時のニュースを映し出していた。普段は片づいているテーブルの上に、夕食の食器がそのまま置いてある。事務所といえど、自宅も兼ねているわけだから、さすがに夜は所帯じみた雰囲気になっている。

ソファの上では、ハチが山本くんのコートにくるまって眠っていた。わたしがきたことに気づいたのか、おっくうそうに片目だけ開けてしっぽを振ると、またコートの中に鼻先をつっこんだ。

「すいません、今片づけます」

食器に気づいて山本くんは、苦笑いした。

「いいよ。別に気にしなくて」

そう言ったのに、手際よく食器をまとめて、台所に運んでいく。入れ替わりのように、今泉が奥から出てきた。パジャマを着て、濡れた髪をバスタオルで拭いている。

「あれ、小菊、どうかしたのか？」

今泉はわたしの向かいに座ると、蒸気で曇った眼鏡をパジャマの裾で拭いた。それからそっくりかえって、リモコンでテレビのチャンネルを替える。

行動がオヤジそのものである。

わたしは姿勢を正して今泉の方を見た。

「今日、国蔵と会ったよ。話があるといって、呼び出された」

今泉の表情が硬くなる。

「なんと言っていた」

「ブンちゃんから、依頼内容を聞いたかどうか、尋ねてきたよ。聞いていないと言っておいたけどね」

「おれが言ったわけじゃないぞ」

山本くんを使って知らせたくせに、と、わたしは心でつぶやいた。

「わたしが聞いていないと言っても、国蔵は知られることは覚悟していると言っていたよ。わたしだけではなく、師匠にもね」

今泉もさすがに少し驚いたようだった。

「師匠って……、菊花さんに知られると、かなりまずいことになるんじゃないのか」

「お察しのとおりだよ。師匠は黙ってはいないだろうね」

それさえ覚悟の上だと国蔵は言っていた。彼をそこまで駆り立てているものはいったいなんなのだろうか。

「ほかには？」

「杞憂ならばそれでいい。でも、自分の推測が当たっていたのなら、彼女があまりにもかわいそうだ、と」

「彼女？」

今泉は自問するようにつぶやいた。

「芙蓉の妻のことだろうか」

「さあね。そこまでは訊《き》けないだろう」

山本くんがお茶を運んできた。話は聞こえていたのか、彼も硬い表情をしている。

今泉は膝の上で手を組んだ。

「明日、病院に行ってみようと思っている」

「病院って？」

尋ねてすぐに気づいた。病院にいる関係者は、芙蓉の妻、ただひとりだけだ。

「わたしも一緒に行っていいかい」

ここから先は、わたしが首をつっこむべきではない領域だ。そう気づきながらも、わたしは尋ねていた。

国蔵が謎かけのように残したことばが、まるで抜けない棘《とげ》のように突き刺さっている。彼がなにを考えているのか知りたかった。

今泉はわざと、聞こえないふりをした。


病院のロビーで、今泉と山本くんは待っていた。

見舞客に紛れるためか、スーツ姿が多い今泉だけではなく、普段はシャツにジーンズという格好が多い山本くんまで、きちんとしたジャケットを羽織っている。

こちらを向いた山本くんが、目を丸くした。

「小菊さん、その格好」

その声で振り返った今泉もぽかんと口を開けている。

「なんだい。おかしいのかい」

「い、いえ、そんなことありませんけど……はじめて見たもので……」

わたしはといえば、髪をオールバックに撫でつけ、濃い色のサングラスをかけ、黒い皮のジャケットなどを着ている。一応、見舞いの花を買ってはきたのだが、怪しいことこの上ない。

今泉はすぐに、わたしの意図に気づいたらしい。

「たしかにその格好なら岩井芙蓉の身内がきていても、気づかないだろうな」

もちろん、歌舞伎関係者でなければ、ただの大部屋役者の顔など知るはずもないだろうが、芙蓉の弟子などがくる可能性も捨てきれない。

受付には今泉が行った。どうやら、彼女の友人を装うらしい。

山本くんがそっとぼくに耳打ちした。

「本当は高校か大学の同級生にするつもりだったんですが、あいにく、彼女は両方とも女子校で……」

わたしは何度か見かけた彼女を思い出した。

清楚で、控えめで、上品で。まさに歌舞伎役者の妻らしい女性だった。いつも淡い色の付下げや、スーツを着て、柔らかく微笑んでいた。

怪しまれずに、病室を聞き出せたらしい今泉が戻ってきた。

「B館の六階だそうだ」

人当たりがよく、まじめそうに見える今泉なら、どんな場所でもうまく紛れ込めるだろう。

だが、この男が外見ほど無害なわけではないことを、わたしは知っている。いざとなれば、普通の人間が切り捨てられないものも、きっぱりと切り捨ててしまう潔《いさぎよ》さを持った男である。それがいいか悪いかは別の問題として。

わたしが知る限り、今泉が梨園絡みで解決した事件は三つ。その中には殺人もあったし、思い出すだけでつらくなる事件もあった。今泉はその中で、いつも、ひどく現実的な判断をする。それはときどき正義感は倫理のようなものからかけ離れていて、わたしはそのたびに不安になるのだ。この男をつき動かしているものはいったいなんなのだろう、と。

わたしたちは、病室を探して病院内をうろついた。増改築を繰り返したせいか、病院の中は入り組んだつくりになっている。やっとのこと、B館にたどり着いて、エレベーターを探した。

古いエレベーターで六階へと移動した。

ナースセンターで偽名を名乗り、若い看護師に病室まで案内してもらった。病室の入り口に掲げられた「市ノ瀬美咲」という名札に、気持ちが張りつめる。

「どうぞ」

促されて、中に入りながら、わたしは腕の中の花束が急に重くなってくるのを感じた。彼女のために買った花が、ひどく欺瞞《ぎまん》に満ちたものに思えてきたのだ。

わたしは彼女をほとんど知らない。知っているのは、名前と顔と、岩井芙蓉の妻という立場だけ。

そんなわたしが、彼女に花を捧げる権利などあるのだろうか。

病室はきれいに整えられていた。見舞いの品が枕元に積み上げられ、開いたばかりの百合の花が、病室には不似合いな芳香を漂わせている。

百合の花の匂いは強すぎて、お見舞いには不向きだとどこかで聞いたことを思い出す。

この病室の患者は、匂いを感じているのだろうか。

今泉と山本くんは、黙ってベッドの横に立った。わたしも少し躊躇しながら、後へ続く。

見下ろした彼女の顔は、以前に見かけたのと少しも変わらなかった。

火傷は顔にはほとんど受けなかったのか、それとも三ヶ月の月日で癒えたのか、白い顔には傷一つない。以前の記憶より唇が白く見えるのは、口紅を塗っていないからだろう。

ベッドの上に投げ出された腕には、青い点滴の跡が無惨にいくつも残っていた。そうして、今も手首には太い針が刺さり、そこから管が彼女の命を保つための液体を流し込んでいる。

そう、たぶん、彼女を、岩井芙蓉の妻としてではなく、市ノ瀬美咲というひとりの女性として見たのは、今がはじめてだ。

そうしてはじめて理解した。もし、国蔵の言うとおり、彼女を襲った悲劇がだれかが企んだものならば、それは告発されなければならないのだ。でなければ、

――彼女があまりにもかわいそうだ――

だが、本当にこの事故には、芙蓉が関わっているのだろうか。彼が、自分の妻を殺そうとする理由などあるのだろうか。

ふいに、山本くんが見舞いの品の中に手を伸ばした。

「どうしたんだい？」

「これ……」

彼が取り出したのは、大きな貝殻だった。杯にでもできそうなほど大きいが、美しいわけではない。病室に飾られるのには不似合いなものだった。

「だれが置いたんでしょうね」

山本くんはそうつぶやきながら、貝殻を元の場所に戻した。

その疑問に答えられる人間は、ここにはいない。


自分のアパートに寄って服を着替えて、師匠の家に帰った。

あんな格好で戻ると、なにを言われるかわからない。好奇心旺盛な師匠のことだから、いろいろ追及してくるかもしれない。

師匠だけには、このことは知られてはならないのだから。

こっそり帰ったつもりだったのに、階段を上がろうとしたとき、師匠の声が居間から聞こえてきた。

「小菊、帰ったのかい。ちょっとこっちへおいで」

わたしは身を縮めた。内弟子にしては出歩きすぎだと自分でも思っていた。師匠も急に頼んだという負い目があるから今まで黙っていたものの、いいかげんに堪忍袋の緒が切れたのかもしれない。

「いえ、今から劇場に行く支度をしようと」

「それは後でいいよ。ともかくこっちへ」

声から機嫌が悪いことがわかる。わたしは上がりかけた階段を下りて、しぶしぶ居間へ向かった。

師匠は硬い顔で座っていた。いよいよ、お説教の可能性が跳ね上がる。

「そこにお座り」

言われたとおり、向かいに座る。師匠はテーブルに置いた封筒を、わたしの方へ押した。

「これが、さっきポストに入っていたよ」

「え？」

てっきり私用の多さを叱られるとばかり思っていたから、戸惑った。師匠はもう一度、わたしの方へ封筒を押しやる。

「読んでみなさい」

不審に思いながら中を見る。ワープロで打たれた用紙が一枚だけ入っている。

広げたわたしは息を呑んだ。

「中村国蔵は、今泉という探偵を使って、岩井芙蓉を中傷する噂を流そうとしている」

書かれているのは、たった一行。だが、いったいだれがこんなことを。

師匠は身を乗り出して、わたしの顔を見た。

「そんな匿名の手紙を鵜呑みにするわけじゃない。今泉さんがそんな人ではないことはよく知っているしね。でも、あんた、なにか知っているだろう。山本くんが、このあいだきたことも変だし、昨日、あんたのところに豊ちゃんところの弟子が訪ねてきたことも、わたしは聞いているよ」

わたしは背中を縮めた。国高がきたことは、同じ部屋にいた役者ならだれでも知っている。もちろんその中には、うちの弟子もいる。

「あんたも関わっているんだろう。いったいなにがあったというんだい」

わたしは下を向いた。師匠には言わないと国蔵と最初に約束した。

「黙ってちゃわからないよ」

「ここに書かれているようなことではありません」

それだけ言うと、師匠はふうっと息を吐いた。

「あんたはそう言うと思ったけどね」

師匠はそれ以上問いつめずに立ち上がった。

「妙なことに関わるんじゃないよ。わたしゃ、豊ちゃんも秀人ちゃんも、いい子だと思うけどね。やたらに私情をむき出しにする人間は、無粋だよ」

そのまま居間を出て行く。わたしはその背中を見送って、もう一度封筒に手を伸ばした。

だれがいったい、こんなことをしたのだろう。

六　実――半年前――

結局、その日美咲さんが劇場に顔を出すことはなかった。

あの、美咲さんと国蔵さんが会っているのを目撃してしまった日。彼女が現れなかったことで、わたしの疑惑はいっそう色濃くなっていた。

同じ梨園の人間同士だから、ことばを交わすことは不自然ではない。たとえ、芙蓉さんと国蔵さんたちが不仲であっても、妻まで会っても無視をするとは限らない。わたしは驚きのあまり、すぐにホテルを出てきてしまったが、美咲さんは別の人と待ち合わせをしていて、国蔵さんとはただ、偶然出くわして数分会話をしただけという可能性だってある。

そう考えて、気持ちを静めていたのに、美咲さんがこなかったことで、わたしの気持ちはまた揺れ動き始めていた。

どうして、彼女は名古屋にきていながら、顔を出すべき劇場には現れないのだろうか。名古屋にいることを、わたしやほかの関係者には知られたくないからだとしか思えない。

そして、もちろん芙蓉さんにも。

わざと、些細《ささい》な理由を探して彼女の携帯電話にかけてみたが、電話はつながらなかった。携帯自体を持って出ていないのか、それとも、わたしの番号だからあえて出なかったのかはわからない。彼女が電話に出てくれて、

「今、急に用事ができて名古屋にいるの」

と言ってくれたらどんなにほっとするだろう。たとえ、忙しくて劇場にはこられないと言われても納得する。

不安なのは彼女が嘘をついているかもしれないと思うこと。いや、嘘自体はそれほど大きな問題ではない。嘘をつかなければならない理由を想像すると、わたしは背筋が冷たくなる。

ホテルに帰ってパソコンを立ち上げると、彼女からのメールが届いていた。わたしは祈るような気持ちで、それを開く。

実。お仕事お疲れ様。この間は、アドバイスありがとう。実の言うことはとても正しいと思う。自分の気持ちなんかどこかに隠して、まわりの人たちのことだけを考えていられたらどんなにいいだろう。わたしがそうできるくらいいい人だったらどんなによかっただろう。

でも、どうしようもないの。まるで身体の中に、走りたがる犬を飼っているみたい。じっとしていられない。じっとしていると気が狂いそうになる。

わたし、今日、好きな人に会ってきた。

わたしは息を呑んだ。その一行が目に焼き付いて離れない。ようやく、気持ちを落ち着けて、次に進む。

彼はとても優しかった。いっそのこと、突き放してくれたらいいのにと、どんなにか思う。もちろん、わたしが彼を思うことをやめれば、それだけですべては万事解決。だれも傷つかず、今までどおりのままゆるやかに毎日が進んでいくということは、嫌になるほどわかっているのだろうけど。

実はわたしのことを馬鹿だと思う？

読み終えても、わたしの動揺は収まらなかった。

——わたし、今日、好きな人に会ってきた——

じゃあ、美咲さんが好きな人というのは、中村国蔵のことなのか。芙蓉さんと同じ舞台に立つ人で、しかも互いに好意を持っていない相手。

気がつけば、手のひらが汗でびっしょり濡れていた。わたしはそれをパジャマの裾で拭《ぬぐ》った。

美咲さんは不倫ではないと言っていた。自分がただ思っているだけだと。

だから、まだスキャンダルではない。けれども、国蔵さんが美咲さんを受け入れて、ふたりが深い関係になってしまえばどうなるのだろう。

国蔵さんはまだ独身だ。美咲さんさえ、芙蓉さんと別れて、彼と結婚したいと思えば、ほかに障害はない。

もし、そんなことになれば、芙蓉さんと国蔵さんの溝はますます深まってしまう。それだけではなく、派手な醜聞として、マスコミに書き立てられるだろう。芙蓉さんも国蔵さんも、テレビなどに露出することは少ないとはいえ、マスコミの喜びそうな出来事だ。

しかも、芙蓉さんにとっては、よけいに不名誉な出来事である。世間の同情は集まるかもしれないが、その一方で妻を同業者に奪われた男として、物笑いの種になる。

美咲さんはそのことに気づいているのだろうか。

わからない。彼女との会話の中に芙蓉さんを気遣うようなことばなど、聞いたことはない。もしかしたら、彼女にとって芙蓉さんのことなど、大した問題ではないかもしれない。

気づかぬうちに、わたしは爪を噛んでいた。もう、とっくの昔、中学生くらいのときに卒業したはずの癖。

なんとか気持ちを落ち着けると、わたしはまたパソコンに向かった。メールの返信を打つ。

美咲さん、その人は、あなたがその人のことを好きだということを知っているんですか？

そうして、その人はあなたが好きになってもいい人なんですか？

ふたつ目の質問が愚問であることはわかっている。倫理的にいえば、美咲さんは結婚している。どんな相手であろうとも、好きになっていいはずはない。

それでも、わたしは彼女に気づいてもらいたかった。たとえ、それがわずかな可能性だとしても。

国蔵さんだけはまずいということを。

翌日の昼、三嶋さんとふたりで食事に行ったとき、わたしは以前から聞きたかったことを彼女に尋ねることにした。

劇場ではすぐ近くに、国蔵さんのところの裏方もいるから、尋ねにくい。

劇場から歩いて七、八分の蕎麦屋で、わたしは疑問を口にした。

「芙蓉さんと中村国蔵さんが仲が悪いって、本当ですか？」

三嶋さんは驚いたように、おしぼりの袋を破く手を止めた。

「ごめんなさい、変なこと聞いちゃって……」

「いえ、それはいいけど、どうしたの？　玉置さんは全然、役者さんの噂なんかに興味ないと思っていたのに、急に」

まさか、国蔵さんと美咲さんが会っていたから、とは言えない。わたしはわざと笑顔を作った。

「いえ、少し前に蓉二郎さんから聞いたんです。芙蓉さんが、今月どうも調子が悪いみたいだから、気になっていたんですけど、国蔵さんと一緒だからじゃないかって……」

「ふうん」

彼女は首を傾げた。

「芙蓉さんのことについては、わたしなんかより、いつも近くにいるお弟子さんの方がよく知っているとは思うけど、それは違うんじゃないかなあ」

「そうなんですか？」

ちょうど、注文の品が運ばれてきたので、話をやめる。

早く続きが聞きたいのに、三嶋さんは先に天麩羅蕎麦を食べはじめた。わたしも仕方なく、割り箸を割った。

「たぶん、芙蓉さんと国蔵さんが不仲になった原因って、五、六年前のことだと思うのよ。もちろん、玉置さんはまだいなかったころだけど」
五、六年前というと、国蔵さんがどんどん頭角を現してきたころだ。もともと、上手な人ではあったのだが、脇の役者だと思われていた人だった。

それが急に脚光を浴びはじめた。きっかけは映画に出たことだったと聞いている。それ以来、どんどんいい役が付き始め、ファンも増えていった。

「国蔵さんが注目を浴びはじめたきっかけって、知っている？」

考えていたことをちょうど尋ねられて、わたしは答えた。

「たしか、映画じゃなかったですか？」

「それが、その前にあるのよ。映画ほどは目立たないけど、彼にとっては転機となるきっかけがね」

「それ、なんなんですか？」

身を乗り出すと、三嶋さんはのんきに「お蕎麦がのびるわよ」などと言った。仕方なく箸を取る。

「ちょうど、芙蓉さんが歌舞伎座に出ているとき、過労で倒れたの。正月公演の大きな舞台だったわ。仕方なく代役を指名することになって、彼が指名したのが、国蔵さんだった。まだ脇役ばかりやっていたころのね。たしか、その公演でも寺子屋の『よだれくり』かなんかやっていたんじゃないかな」

それを聞いて驚く。寺子屋のよだれくりは、たしかにしどころは多く、悪い役ではないが、道化方で、今の国蔵さんのイメージとはまったく違う。

「で、芙蓉さんはなにを演じていたんですか？」

「昼は野崎村のお染。で、夜は妹背山《いもせやま》の雛鳥《ひなどり》だったわ。昼はお光を中村銀弥《ぎんや》さんが、夜は定高《さだか》を瀬川菊花さんが演じていた」

どちらも錚々《そうそう》たる役者だ。銀弥さんは若手の中では人気、実力ともトップクラスだと言っていいし、片や瀬川菊花さんは、次の人間国宝は彼だろうと噂されている人だ。それほど大きな役ではないが、注目を浴びる舞台で脇を飾らせてもらえるのも、名門の特権である。

「で、その二役を中村国蔵さんが三日間演じたわけ。もともと器用な人だったから、両方ともまったく経験がなかったのに、数時間の稽古で見事に演じきったらしいわ。その次の月の演劇雑誌に、代役を褒めちぎる劇評が掲載されたほどにね」

わたしは不思議に思って、尋ねた。

「でも、それだったら、国蔵さんは芙蓉さんに感謝こそすれ、嫌う理由はないはずじゃないですか？」

芙蓉さんだって、舞台に自分が空けた穴を埋めてもらったのだ。彼がうまくやったからといって、恨むのはおかしい。

「さあ、それが芸術家の不思議なところかもね」

彼女はそう言って、コップの水を一口飲んだ。

「普通なら、それで収まる話なのに、芙蓉さんが国蔵さんに代役の礼として、ちょっとした菓子折かなにかを届けたところ、突っ返されたというのよ」

「どうしてですか？」

「芙蓉さんもすぐには理解できなかったらしいわ。でもね、お弟子さんを通して、国蔵さんの弟子に探りを入れたところ、国蔵さんが腹を立てている理由がわかったの」

三嶋さんは、一度黙ると、声を潜めて話を続けた。

「どうやら、国蔵さんは脇役をやっていても、自分は実力では芙蓉さんには負けていないというプライドがあったらしいのよ。同い年でもあるしね。それなのに、そんな彼の代役を言いつけられて、プライドが傷つけられた。代役というのは、必ず格下の役者にやらせるという決まりがあるものね。急なことで、舞台に穴が空くと困るから黙って受けたけど、本当はかなり腹立たしく思っていたらしいわ」

「だって、そんな……」

名門に生まれた芙蓉さんよりも、国蔵さんの方が格下なのは、この世界ではわかりきったことだ。そんなことでへそを曲げていては、歌舞伎などやっていられない。

「たしかに芙蓉さんも、気配りが足らなかったかもね。年下の役者を指名すれば、こんなことにはならなかったはずだし」

三嶋さんのことばに、わたしはたまらずに反論した。

「でも、芙蓉さんにすれば、国蔵さんに実力があると認めていたからこそ、自分の代役に指名したんでしょう」

しかもそれで注目を浴びることができたのだ。感謝されこそすれ、恨まれるのはおかしい。

「まあ、そんなこんなでふたりの関係はあまりいいとは言えないものになったわけ。でも、芙蓉さんが国蔵さんに敵意を持っているというより、むしろ逆でしょう。だから別に、国蔵さんと一緒の舞台だからといって、芙蓉さんがストレスを感じる理由なんかないんじゃないかな」

「それでも、嫌われていることがわかっている相手と同じ舞台に立つのは、ストレスなんじゃないでしょうか」

わたしの知る限り、芙蓉さんは繊細な人である。相手に嫌われていると知っていて、平気でいられるようなタイプではないように思う。

「まあ、そうかもしれないけど、わたし、疲れているのは、むしろ別の理由だと思う」

三嶋さんは、そう言うとお蕎麦を食べ始めた。気がつけば、わたしの目の前の蕎麦ものびかけている。わたしもあわてて箸を取った。

三嶋さんが食べ終えるのを待って、わたしは尋ねた。

「別の理由って、なんですか？」

彼女はまたあたりを見回した。このあたりはあまり食事をするところが多くない。関係者がきていないか確かめているのだろう。

「大きな声じゃ言えないけどさ。芙蓉さんと奥さん、なんだか揉《も》めているみたいよ」

わたしは息を呑んだ。なんと返事をしていいのかわからない。驚いたふりをした方がいいのかと迷ったが、彼女は気にせず話を続けた。

「この間、うちのお弟子さんがホテルのレストランで、奥さんと口論している芙蓉さんを見たって言っていたわ。軽い口げんかではなく、かなり険悪な雰囲気だったって……」

「なにが原因なんでしょうか……」

「さあね。夫婦間のことは、他人にはわからないから」

彼女はそう言って、話を終わらせた。

まだお蕎麦は残っていたけれど、わたしの食欲はもう失せていた。そっと箸を置く。

芙蓉さんと美咲さんの口論の原因とはいったいなんだったのだろう。もしかして、芙蓉さんは感づいているのではないだろうか。それとも美咲さんの方から、挑発するようなことを言ったのか。

すっかりのびてしまった蕎麦を見下ろして、わたしはためいきをついた。

美咲さんからあんな告白さえ聞かなければ、こんなに不安になることもなかっただろうに。

その日、ホテルに帰っても、わたしはノートパソコンには手を触れなかった。美咲さんから返信が届いているかもしれないと思うと、ひどく気が重かったのだ。

自分から問いかけたことなのに、その返答など見たくなかった。勝手な感情だと自分でも思う。だが、真実だ。

しかし、事務所から仕事のメールも届いているかもしれない。葛藤《かっとう》のあげく、寝る前にわたしはパソコンをネットに接続した。

やはり、美咲さんからのメールは届いていた。

わたしはそれを受信し、少し躊躇してから開いた。


実、はじめてわたしの話に興味を持ってくれたみたいでうれしいです。聞きたくないと言われたのに、ずっと同じ話ばかりしていて、嫌われてしまうんじゃないかと心配だったの。

質問に答えます。

ひとつ目は簡単。彼は知りません。わたしが彼を好きだということを。

ふたつ目は答えるのが難しいです。好きになってもいいかどうかを決めるのって、いったいだれなんだろう。神様だったら、たぶん、好きになってもかまわないと言うと思う。自分勝手かもしれないけど、本当に好きになってはいけない人なら、神様がわたしの気持ちをこんなふうにしないだろうと思うから。

嘘。こんなのは詭弁ですね。たぶん、彼のことは好きになってはいけないのです。倫理とか常識とかそういう問題は別にしても。

なぜなら、彼はわたしのことは好きになってはくれないから。

自分が好きになれない人に思われるなんて、きっとどうしようもなく嫌なことに違いないでしょうね。

そんなことがわかっているのに、わたしはどうしてこんなことを繰り返しているんだろう。

実は賢い人だから、きっとわたしのことを馬鹿だと思っているでしょうね。

でも、愚かにしか生きられない人もこの世にはいるんです。


メールを読み終えて、わたしはひとつ誤解をしていたことに気づいた。

美咲さんはきれいで、そして明るい。どんな男の人も、彼女だったら好きになると思っていたし、彼女もそう確信していると思っていた。でも、そうではなかったのだ。

彼女はこの恋はかなわないことを知っていた。それでも好きになることをやめられないのだ、と。

だが、あのホテルで美咲さんと会話をしていた国蔵さんは、とても楽しげだった。

美咲さんだけが、自分の恋はかなわないと思っているだけで、彼の方も美咲さんを好きかもしれないではないか。

美咲さんは彼には自分の気持ちを伝えていないのだから。

彼女が自分の恋が疚《やま》しいものではないと確信しているのは、この恋がかなわないと思っているせいだろう。でも、そうではなかったら。

国蔵さんも自分のことを好きでいてくれると知ったら、それでも彼女は気持ちを自分の胸だけにしまっておくのだろうか。

わたしにとって、彼らがどうなろうと関係がないことに変わりはない。それなのに、ひどく不安で仕方がないのだ。

ふたりの間には、目に見えない弾薬庫があるようだ。

わたしが心を痛めていたと言ったら、偽善的に過ぎるだろうか。

できれば、芙蓉さんが気づかないまま、美咲さんが馬鹿な考えを捨ててくれればいいと思っていた。

劇場で見かける芙蓉さんは、やはりひどく疲れているように見えた。その原因が、国蔵さんにあるのか、それとも美咲さんにあるのかは、わたしにはわからない。

美咲さんからは相変わらずメールが届いていた。そのメールは、ひどく悲痛に感じられることもあったし、自分に酔っているだけのように思えることもあった。わたしは苦々しい気持ちで、毎回そのメールを読んで、そうして返信を出した。

自分の気持ちを真綿でくるんで、彼女を傷つけないように、そうして彼女が気を悪くしないように。

そうして書き上げられたメールは、もはやわたしの本心とは思えなかった。

わたしの望みなど些細なことだ。

それは、なにも起こらないこと。

しかし、わたしはその日、弾薬庫のすぐ近くに、くすぶりかけた火種を置いてしまったのかもしれない。

その日、わたしは仕事が終わってからホテルの近くの本屋に向かった。

美咲さんがきていないときは、舞台が終われば寄り道せずにホテルに帰る。娯楽と言えば、テレビを見るか、本を読むくらいしかない。東京から持ってきた小説もすべて読み終わってしまったので、新しい本を買うつもりだったのだ。

文庫本の棚を眺めながら、本を選ぶ。料理上手で有名な女優のエッセイ集や、友達からおもしろいと聞いていた推理小説などを手に取った。新刊本の棚はほとんど見ない。旅先でハードカバーを買ってしまうと後が大変だ。

海外小説の棚で、著者名を目で追いながら横に移動しているとき、隣の人と肩がぶつかった。

「あ、すみません」

何気なくそちらを見たわたしは、息を呑んだ。

中村国蔵だった。近くで見ると考えていたよりも背が高い。

「こちらこそ、すみません」

彼はそう言って微笑した。すぐに怪訝《けげん》そうな顔になる。

わたしがあまりにも驚いていたからだろう。わたしはあわてて、ぺこりと頭を下げ、書棚から離れようとした。

「どこかでお会いしませんでしたか？」

そう尋ねられてわたしは固まった。関係ないふりをするのはたやすいが、劇場や楽屋でまた会ってしまう可能性もある。覚悟を決めて、振り返る。

「岩井芙蓉の番頭をしています。玉置と申します」

彼は驚いたそぶりも見せずに笑った。花が咲いたような笑顔だった。

「ああ、上総屋《かずさや》さんのところの。いつもお世話になっております」

その表情からは、彼が芙蓉さんに敵意を持っているとは思えない。

芙蓉さんは、知らぬ人が見ても「この人は歌舞伎の女形ではないだろうか」と気づくような物腰の人だが、国蔵さんは見ただけでは普通の男性と変わらない。がっしりとした広い背中と、少し浅黒い肌。梨園の人らしい品の良さはあるが、女形らしい仕草などはまったく感じられない。

失礼します、と頭を下げて立ち去ろうとしたわたしを、国蔵さんの声が追った。

「上総屋さんの奥さんと親しくさせていただいています。玉置さんのお話も聞いたことがありますよ」

わたしの背中は凍り付いた。振り返って、曖昧な笑みを浮かべる。

「奥さんは、今は東京ですか？」

「たぶん……」

あなたに会いにこちらにきていないければの話だけど、と、わたしは心で付け加える。

「そうですか」

彼の手にも何冊かの文庫本があった。わたしたちは並んでレジに向かった。

国蔵さんがなにを考えているのかわからなかった。奥さんと親しいなんて、簡単に口に出すなんて。

疚しいことなどひとつもないから、はっきりと言えるのかもしれないが、その一方で挑発的なものも感じずにはいられない。

少なくとも、彼の方は独身だから、まわりに知られて困る人などはいないのだ。

わたしは思わず言っていた。

「美咲さんが国蔵さんと親しいなんて知りませんでした」

「おや、彼女から聞いていませんか。よくお茶など飲んで話をしますよ。玉置さんとはとても仲のいい友達だと、彼女は言っていました」

失礼だということはわかっていた。それなのに口が勝手に動いていた。

「国蔵さんと芙蓉さんは、あまり仲がよくないという噂を聞いたことがあります。それなのに、美咲さんは？」

彼は気を悪くした様子もなかった。むしろ愉快そうに声を出して笑った。

「たしかに上総屋さんとは、ほとんど話らしい話をしたことがありませんが、別に敵対しているわけでもないですし、役者としてはとても尊敬しています。ただ話す機会がないというだけの話ですよ」

たしかにとても感じのいい人だ。なぜかそう認めるのが悔しかった。この人が、どうしようもないくらいに嫌な人ならいいのに。

「芙蓉さんと親しくないのに、美咲さんとは親しいなんて不思議ですね」

自分の口から、そんな皮肉に満ちたことばが出たことに、わたしは自分でも驚いた。

「そうですか？　夫婦といえども個人ですよ。別に不思議なことはないでしょう」

彼の言うことはたしかに正論だ。だが、正論だけで、世の中がまわっているわけでもない。

美咲さんと国蔵さんがふたりで会っているところを見て、妙な勘ぐりをする人がいないとは言い切れないのだ。

夜遅いせいか、レジにはひとりしか店員がいなかった。先に国蔵さんが会計をしてもらう。彼は自分が済んでからも、わたしを待っていた。仕方なく一緒に店を出る。

「もしかして、玉置さんは、わたしと美咲さんが特別な関係だとお考えなのですか？」

いきなり、そう問われてわたしは息を呑んだ。なんと答えていいのかわからない。

この人は美咲さんの気持ちに気づいているのだろうか。

わたしの動揺に気づいていないのか、彼はにこやかな表情のまま話し続けた。

「ご心配なく。わたしと美咲さんはただの友達ですよ」

わたしは足を止めた。のどがからからに渇いていた。

「自分から、『特別な関係です』なんて言う人はいませんよね」

いやな女だと思われて、嫌われてもよかった。

彼はかすかに目を細めた。はじめて、表情に不快感が混じった気がした。それは、ごくごくわずか、コップの中に一滴スポイトで垂らしたほどの混じり方だったけれど。

「わたしと美咲さんは、なんでもありませんよ。もし、嘘だと思うのなら、わたしとつきあってみますか？」

なにを言われたのか、すぐにはわからなかった。理解した瞬間、頭に血が上った。

「失礼します」

わたしは早足で歩き出した。彼がなにかを言ったような気がしたけれど、振り返るつもりなどなかった。

馬鹿にされたとしか思えなかった。次第に背中が熱くなり、感情がのどまでせり上がってきた。指が白くなるほど、きつく本を握りしめていた。

ホテルの部屋に着くと、わたしはベッドに本を投げつけた。

なぜ、自分がこんなに腹立たしいのか、そうして悲しいのかわからなかった。

わたしはベッドの足下にうずくまり、そして泣いた。

七　小菊

その日は千秋楽だった。

二十五日間続いた通し狂言「仮名手本忠臣蔵」もようやく終わりを迎える。楽屋は、いつもと違う、浮わついたような華やかさに包まれていた。

とはいえ、多くの役者たちの休みはたった一日、次からはまた来月の稽古がはじまるのだ。

つかの間の休みとはいえ、解放感はたしかにある。それと、ひとつの公演をやり終えたという充実感。

幸い、師匠は来月はどこの舞台にも立たないから、弟子であるわたしたちも、余裕のある休暇が取れる。もちろん、その間にも、踊りの会のゲストだとか、雑誌のインタビューなど、師匠の仕事は切れ目なくあるし、弟子は弟子で、この機会に習い事などに力を入れて、自分を磨かなければならないのだけど。

一昨日、師匠の自宅に投げ込まれた手紙。あのせいで、内弟子を追い出されるかと思ったけれど、師匠はあれからなにも言わない。ほっとしたような、それでいて居心地が悪いような妙な気分である。

今泉にも怪文書の話はしたが、彼はわずかに眉を動かしただけだった。

「おめでとうございます」

のれんをあげて、顔を覗かせたのは岩井芙蓉だった。彼の顔を見ると、どきりとする。

わたしは背中を強《こわ》ばらせて、師匠の衣装をまとめる仕事に戻った。

「ああ、おめでとう」

「一ヶ月、どうもありがとうございました。おじさんの戸無瀬に小浪をやらせて頂けて、いい勉強になりました」

礼儀正しく頭を下げる。師匠も笑顔で答える。

「いい小浪だったよ。また一緒にやれるのを楽しみにしているよ」

「ありがとうございます」

畳から顔を上げた芙蓉は、急に真剣な顔になった。

「おじさん、この間のお話なんですが。やはり、教えていただけませんか？」

師匠の目が問い返すように、芙蓉を見る。

「ああ、すみません。合邦の玉手御前です」

そういえば、中日《なかび》ごろ、芙蓉が師匠に頼みにきていたことを思い出す。そのときは、中村国蔵が先に習いにきていることを聞いて、「一度考えてみる」と言って帰ったのだった。

「そりゃ、わたしはかまわないけど。あんたはいいのかい？　豊ちゃんと同じ型で」

「ええ、菊花さんに教えていただきたいんです。国蔵はもうそろそろ、稽古を終えたところではないですか？」

師匠は軽く首を傾げた。

「いや、まだ途中なんだけどね。あの子はどうも今、忙しいらしくて、間が空いてしまっているんだよ」

「そうですか」

芙蓉は、なぜか考え込むような仕草をした。

「まあ、わたしは来月は劇場に出ないからね。いつでも連絡をくれればいいよ。あんたは来月も歌舞伎座だったね」

「はい、『法界坊《ほうかいぼう》』のおくみをやらせていただきます」

師匠は目を細めて頷いた。

「まあ、頑張りなさい」

立ち上がりかけた芙蓉に、師匠は尋ねた。

「奥さんの容態はどうだい？」

芙蓉は、わずかに微笑した。それは喜びではなく、あきらめの笑みだ。

「相変わらずです。せめて、少しずつよくなってきているという確信が得られればいいんですけれど」

師匠は、芙蓉を見ながら座布団の上に座り直した。言いにくいことを言うときの、師匠の癖だった。

「いやなことを尋ねてしまうけど、今後、よくなる保証はあるのかい。あまり無理をして、あんたが身体を壊しちゃなんにもならないよ」

芙蓉は、目を伏せて首を横に振った。

「わかりません。けれども、脳に深刻な損傷を受けたわけではないから、この先よくなる可能性がないわけではないんです。ただ、彼女が目覚めない原因は、正直、お医者様たちにもわかっていないようです」

「あんたの気持ちはよくわかるよ。毎日舞台が終わってから、病院に通っているそうじゃないか。病院に泊まり込むことも多いと聞いたよ。それでも、病院は完全看護なのだろう。あまり無理せず、自分の身体も大事におし」

芙蓉は、また手をついて頭を下げた。

「ありがとうございます。それでも、彼女が目覚めるときには、そばにいてやりたいんです。後悔しても、しきれないことばかりですから」

彼は笑顔でそう言った。なんとなく、その顔を見るのがつらくて、わたしは目をそらした。

師匠はふうっと、ためいきをついた。

「奥さんは、どんな花が好きだったのかい」

「彼女は百合が好きでした」

ふいにわたしは、病室にあった白い大輪の百合を思い出した。白く肉厚な花弁に、黄色い花粉をまぶし、誇らしげに花開いていた。

「百合か、それはいいね。眠っていて花が見えなくても、香りでわかるだろう」

「そうだといいんですが……」

「きっとそうだよ。それじゃ、百合の花を病室に届けてあげようね」

芙蓉は驚いたように、何度か瞬きをした。

「いえ、そんなお気遣いなく……」

「あんたが遠慮するのはおかしいだろう。これは奥さん——美咲さんだったね。彼女のために届けるんだから」

彼は肩の力を抜いて笑った。

「そうですね。では、どうもありがとうございます」

それから付け加える。

「彼女も喜ぶと思います」

深く頭を下げると、彼は立ち上がった。

「それでは、おじさん。また連絡します」

「ああ、待っているよ」

立ち去る彼の背中を見つめながら、わたしは思った。

　彼が美咲さんを殺そうとしたなんて、とても思えない。自分が殺そうとした女性を、あれほど愛《いと》おしげに語ることなど、できないと思うから。

「それはどうかな。小菊は甘いよ」

　そう言われて、わたしはむっとした。

「甘くて悪かったね」

　今泉は薄い眼鏡を押し上げて、ソファにもたれた。

「芙蓉が、美咲さんの病室へ、足繁く通うのは、彼女が目覚めることを恐れているからかもしれない。彼女は自分を陥れたのがだれか、わかっているだろう。彼女に証言されてしまえば、彼には逃げ場がない」

　わたしは今泉をにらみつけた。いやな男である。

　千秋楽の舞台が終わった翌日、わたしはまた今泉の事務所を訪ねていた。師匠も今日はプライベートで奥様と外出しているから、わたしも珍しくゆっくりできる。

　わたしは今泉に、昨夜の芙蓉のことを話して聞かせていた。

　ハチにブラシをかけてやっている山本くんが、くすくすと笑った。

「小菊さん、気を悪くしないでくださいね。先生だって、芙蓉さんがやったとは考えていないんですよ」

「当たり前だ。今のところどこにも彼を指し示すものなどない。アリバイは完璧だし、動機もない」

「なら、わたしの言うことに、ケチをつける必要などないじゃないか」

「いろんな考え方ができると言っているだけだよ」

だが、そうなると芙蓉があやしいと言っているのは、中村国蔵だけということになる。

わたしは師匠の家に投げ込まれた怪文書を思い出した。

あそこには、「中村国蔵は岩井芙蓉を中傷する噂を流そうとしている」と書いてあった。あれを読んだときには、ひどいことを言うと思ったが、芙蓉を疑う理由などまったくないとすると、あの文書が正しいとさえ思えてくるのだ。

今泉は、軽く咳払いをすると足を組み替えた。

「実は、今、探している人がいるんだ。岩井芙蓉のところで番頭をしていた女性で、事件の少し前に辞めている。玉置実という名前だ。彼女が市ノ瀬美咲の唯一の友達だったと言う人がいるんでね」

わたしは驚いた。

「唯一のって、ほかに友達はいなかったのかい」

「ああ、ほかにはほとんどいないらしい。どうも、市ノ瀬美咲という女性は、いろいろ不器用なところがある女性らしくてね。昔の同級生などに聞いた話では、悪意があるわけではないんだが、ちょっと気がつかないところがあったり、人の気持ちを考えないところがあるらしい。ひどく嫌われていたわけではないが、友達関係が長続きしにくいタイプだったそうだ」

それを聞いてまた驚く。劇場のロビーや楽屋でときどき見かけた市ノ瀬美咲は、いつも控えめに微笑していて、礼儀正しく頭のよい女性に見えた。

「しかし、人づきあいが苦手なタイプが、歌舞伎役者の奥さんだったなんて、苦労しただろうね」

歌舞伎役者の妻のいちばん大きな仕事は、挨拶やつきあいだ。社交的ではない人間には務まらないだろう。

「いや、上総屋のご贔屓さんたちや、先輩役者たちの受けは決して悪くなかった。目上の人への対応は、きちんと礼儀をわきまえれば、それほど難しくはない。彼女の場合、ご両親も厳しい人だったらしく、そのあたりはきちんとできていたようだ。だが、友達など対等な相手や、目下へのふるまいはマニュアルや常識だけではうまくいかない。正直な話、お弟子さんや裏方の評判はあまりよくなかった」

その中で、番頭である女性だけが、彼女と親しくつきあっていたのか。

「今、その女性を捜しているんだが、なぜか辞めた後の行方がわからないんだ。彼女になら美咲はなにか相談していたかもしれない」

今更ながら、わたしは市ノ瀬美咲の表面しか見ていなかったことに気づく。彼女がそんな女性だったとは想像もできなかった。

ふいに、ドアフォンが鳴った。インターフォンを取った山本くんが、急に表情を変えた。

「あ、はい。少々お待ちください」

受話器を置くと、山本くんはドアへ行かずに、わたしの腕をつかんだ。

「小菊さん、奥の部屋に隠れてください」

「え、どうして？」

「中村国蔵さんがきました」

わたしは今泉と顔を見合わせた。どうしていいのかわからない。とりあえず、山本くんの言うとおり、上着と鞄を持って、わたしは奥の部屋に逃げ込んだ。

以前は、今泉の部屋だったはずだが、今は山本くんの勉強部屋になっているらしい。机がひとつあるだけで、荷物が乱雑に散らばった物置のようなスペースで、わたしは音を立てないように居場所を確保した。

中村国蔵の声が聞こえた。

「あらかじめご連絡した方がよかったでしょうか。偶然近くまできたもので」

それに対する今泉の返答は籠もっていてよく聞こえない。

床に腰を下ろしながら考える。咄嗟《とっさ》のことだったが、隠れてしまうのはフェアではなかった。わたしが今泉のところにいること自体はなんの問題もないのだから、国蔵に挨拶をして、そのまま事務所を出て行くべきだった。

だが、今更出て行く気にはもうなれない。山本くんも咄嗟で、困惑したのだろう。

今泉は、国蔵に調査の結果を報告していた。

警察の見解では、岩井芙蓉のアリバイにはなんの問題もないのだということ。また、彼と妻が不仲だったという証言をする人間はほとんどいないということ。

国蔵の答えはどこか不満げだった。

「それでも、証言をしているのは全部、芙蓉の弟子や裏方などの関係者でしょう。彼らは身内と同じで利害関係がある。彼に不利な証言をするはずはありません」

「国蔵さん」

今泉のどこか冷たい声がした。

「あなたのおっしゃることが間違っているとは思いません。たしかに芙蓉の弟子たちならば、師匠を擁護する証言をするかもしれない。でも、わたしはそれとは別のことが気になっているのです」

「なんですか？」

「国蔵さんが、なぜ、芙蓉さんに疑惑の目を向けるかです」

「それはこの前お話ししたはずですが」

「聞きました。美咲さんと芙蓉さんが、陰では不仲だったという話でしたね。だが、それだけでは、芙蓉さんがあやしいと思う理由にはならないはずだ。それが通るのなら、事故に遭った人間と仲が悪かったというだけで、疑われてしまう。事故を仕組まれたものだと確信するためには、もうひとつパーツが必要です。その事故が人為的なものであ

ると いう証拠か、疑惑かが」

国蔵はしばらく黙っていた。今泉が追いつめるようにことばを続ける。

「たぶん、あなたはそれを持っていると思う。持っていて、わたしには話してくれていないのだと思います。だから、そのパーツを見せてください。わたしは超能力者ではない。パーツが揃わなければ、疑惑を暴き立てることなど不可能です」

隣の部屋にいても、重苦しい空気は伝わってくる。わたしは息を呑んだ。

国蔵は躊躇するように口をつぐんでいた。

「国蔵さん」

今泉の促すような声がした。

「眠っている人にすべてを押しつけるようなことは言いたくなかったのです」

国蔵はそう言った。すぐには彼の言おうとしていることはわからなかった。市ノ瀬美咲のことを指していると気づいたのは、今泉の声を聞いてからだ。

「美咲さんがどうかしたのですか？」

今泉の質問に、今度はすぐに答えた。

「彼女がわたしに言ったのです。火事の前日のことです」

「いったいなんと」

国蔵の声は重かった。

「『芙蓉さんに殺されるかもしれない』と」

「美咲さんとは、ときどき個人的に会って、お茶を飲んだり、話をしたりしていました。といっても、別にやましいことはなにもありません。ただの友人でした」

国蔵は告白するようにそう言った。

「ですが、あなたと岩井芙蓉さんは、あまり親しくないと話に聞きました。稽古の時や同じ舞台のときでも、口もきかないと」

「そうですね。ほとんど会話はしません。ですが、別にわたしは芙蓉さんに敵対心を持っているつもりはありません。女形としては学ぶべきところのたくさんある人です。ただ、あまり話す機会がなかったですし、今更改めて声をかけて話をするというのも、なんだか面倒くさくてね。そういうことってあるでしょう」

「それでも、奥さんとは親しかったと」

「事件の半年前くらいに、楽屋で彼女の方から話しかけてきました。おもしろい女性でした。わたしと芙蓉さんの仲が悪いというのは本当か、そうして、それはなぜかと、いきなり尋ねてきました。わたしのまわりでも、そんなことを尋ねた人間などいなかったのに」

そのときのことを思い出したのか、彼は少し笑った。

「それで、先ほどのようなことを答えました。彼女は、安心したと言って笑いました。お互いに話していて楽しかったし、気が合うような感じだったので携帯の番号を教え合いました。それから、たまに会うようになりました」

彼の告白は驚くことばかりだった。もし、彼の言うことが正しく、国蔵と美咲がなんの関係もないとしても、芙蓉がそれを聞いて、いい気持ちになるとは思えない。

今泉も同じことを考えたのだろう。

「芙蓉さんはそのことをご存じだったのですか」

「さあ、たぶん知らなかったでしょうね。別に隠すつもりはありませんでしたが、なにもあえて話す必要もないと思いますから」

今泉の質問は、より深部へと切り込む。

「芙蓉さんがそれを知れば、どう感じたと思いますか？」

「さあ。わたしにはわかりません。女房が異性の友達のひとりも持つことを、許さないような狭量な人だとは思えませんが」

国蔵は緊張を吐き出すように、ためいきをつく。

「彼女がそれまで、芙蓉さんの悪口のようなことを言ったことはいちどもありません。のろけのような話を聞かされたことは何度もありますけど。それなのに、彼女はあの火事の前日、わたしに電話をかけてきて言ったのです。彼に殺されるかもしれない、と」

「それで、あなたはわたしに、芙蓉があやしいと言ったのですね」

国蔵の声は苦しげだった。

「もし、彼女が錯乱していたのか、なにか誤解していたのならそれでもいいです。なぜ、彼女があんなことを言ったのか、知りたいのです。でなければ、わたしは後悔してもしきれない」

ふいに、似たようなことばを、少し前にだれかの口から聞いたような気がした。思考は今泉のことばによって、遮《さえぎ》られる。

「それで、それを聞いて、あなたはどうされたのですか？」

「それを聞かれると、胸が痛みます。その当時、わたしは地方巡業に出ていました。電話を受けたとき、福岡にいて、翌日には香川で公演をしなくてはならなかった。望んでも東京に帰ることなどできませんでした。彼女には、いったいなにがあったのか話してほしいと言いましたが、彼女は『どうしていいのかわからない』と繰り返すばかりで、なぜそんなふうに考えたのかは、教えてくれませんでした。だからわたしは、身の危険を感じるのならば、警察か身近な人に相談するようにと言いました」

至極まっとうな判断だと思う。

「ですが、その翌日、彼女はあんなことになってしまった。もし、わたしがもう少し親身になって話を聞いてあげれば、あんなことにはならなかったかもしれない」

ここへきて、わたしははじめて、国蔵の気持ちを理解した。

自分には、もしかして彼女が助けられたかもしれない。その思いは悔恨というよりも、むしろ絶望だ。彼女が一度だけ、必死に送ってきたサインを見逃してしまったかもしれない。そう知って、苦しまない人間がどこにいるというのだろう。

「本当のことを隠していたことは、お詫びします。ですが、この期《ご》に及んで、妙な勘ぐりを受けるのはいやでした」

「妙な勘ぐり？」

今泉は聞くまでもないことを尋ねる。

「わたしと彼女が特別な関係だったとか、そういうことです」

国蔵はそう言って、一度黙った。

「でも、こういう言い方はフェアではないかもしれない。たしかに、わたしと彼女はなにも特別な関係ではなかった。彼女だって、わたしのことを友人としか思っていなかったでしょう。でも、わたしは彼女のことが好きでした」

国蔵の告白を壁越しに聞いて、わたしは身体を強ばらせた。

今泉はそれについてはなにも言おうとはしなかった。

国蔵は独り言のようにつぶやいた。

「いえ、過去形ではない。わたしは彼女が好きです」

帰り道、師匠から携帯に電話がかかってきた。

「あんた、今どこだい？」

唐突にそう尋ねる。

「これから自分のアパートに寄って、必要なものを取って、それから師匠の家に帰るつもりですけど」

「じゃあ、ちょうどよかった。わたしの家に帰る前に、ちょっと寄ってほしいところがあるんだけど」

「どこですか？」

「駅前のはやしやさんに、お花を頼んであるから、秀人ちゃんの奥さんの病室に届けておくれ」

わたしは思わず、電話を取り落としそうになった。

「美咲さんのところですか？」

「そうだよ。ほかに秀人ちゃんの奥さんがいるのかい？　タクシーを使ってもいいから、頼むよ」

わたしは複雑な思いで、電話を切った。先ほどの、国蔵の告白が頭から離れない。

芙蓉と国蔵の確執は、そんなところに原因があったのだろうか。

（わたしは彼女が好きです）

わたしはふいに、不安になる。芙蓉は国蔵の気持ちを知っているのだろうか。

「はやしや」は師匠がよく利用している花屋だ。ありきたりな胡蝶蘭《こちょうらん》ばかりではなく、センスのいい寄せ植えや花籠を作ってくれる。

若い女性店長に師匠の名前を告げると、彼女はガラスケースの中から、大輪の百合の花束を出してきた。美咲さんの病室にあったような真っ白ではなく、内側に向けてにじむように赤い色のついた、華やかな百合だった。

わたしは礼を言って、それを受け取った。

時刻はちょうど、夕方のラッシュアワーだ。電車に乗ると花束をつぶしてしまいそうで、師匠のことばに甘えて、タクシーを捕まえることにした。

タクシーに乗ってから、自分が師匠に、美咲さんの病院を尋ねなかったことに気がついた。師匠もわざわざ言わなかったのは、すでに見透《みす》かされているからか。

まあいい。半分あきらめのような気持ちで、わたしは手の中の花束を見下ろした。

尋ねられたら、芙蓉さんのところのお弟子さんに聞いたことにすればいい。岩井蓉二郎などは、同じ養成所出身だから親しい。

タクシーはほどなく、彼女が入院している病院に着いた。わたしは花束を持って、タクシーを降りた。

先日きたときの道筋を思い出しながら、彼女の病室を探す。ナースセンターに声をかけると、この間と同じ若い看護師が立ち上がった。

「今、ご主人がいらっしゃっています」

一瞬、動揺して、その後すぐに気づく。今日は師匠の使いだから、芙蓉に知られても問題はない。

呼吸を整えてから、病室をノックした。返答はない。お手洗いにでも行っているのかもしれない。

ドアを開けて気づいた。芙蓉は病室にいた。

彼女の傍らで、パイプ椅子に座り、彼は目を閉じていた。眠っているようだが、舟も漕がず、寝息も聞こえない。ただでさえ白い頬が、よけいに白く見えて、まるで人形のようだ。

わたしは彼を起こさないように、そっと中に入った。空いている花瓶に手を伸ばしたとき、気配を感じたのか彼が目を開けた。

「瀬川菊花師匠の使いで参りました。お邪魔してすみません」

彼は二、三度瞬《まばた》きをすると、立ち上がった。

「小菊さんでしたね。わざわざすみませんでした」

わたしの手の中の百合を見て、彼は微笑した。

「きれいな百合だ。きっと彼女も喜ぶでしょう」

彼は、話しかけるように美咲さんの顔をのぞき込んだ。この前会ったときと変わらない。仰向《あおむ》けに横たわり、ただ目を閉じているだけの彼女。

わたしも隣に立って、彼女を見下ろす。

「ただ、眠っているだけみたいでしょう。目を覚まさないなんて、今でも信じられない」

なんと答えていいのかわからない。彼女の中では、どんな時間が流れているのだろうか。あの火事の日からすべてが止まったままなのか、それとも何ヶ月もの長い夢を見ているのか。

そうして、この人はただ、彼女が目覚めるのを待っている。この人だけではなく、中村国蔵も。

「春が近づいてきて、窓の外には梅の花も咲いているのに、それを知ることもできないなんてかわいそうです」

彼女を見下ろす芙蓉の目は、ひどく優しい。わたしはなにを信じていいのかわからなくなる。

先ほど、今泉の事務所で壁越しに聞いた国蔵の告白は、悲痛なものだった。彼が嘘をついているとは思えない。だが、今、目の前にいる人も、たしかに眠る彼女を愛おしく思っていた。

もちろん、ふたりとも役者だ。嘘をつくなんてお手の物かもしれないのだけど。

芙蓉は立ち上がって、わたしの花束を受け取った。空いている花瓶を手に取り、病室の隅にある洗面台で水を入れる。沈黙が重くて、わたしは言った。

「それでも、芙蓉さんがこんなにも真剣に看病してあげているんですから、彼女は幸せだと思います」

わたしは一瞬、国蔵のことを忘れた。そうでなければ、気持ちが引き裂かれてしまいそうだった。

芙蓉は静かに首を横に振った。

「こんなことになる前、わたしは彼女のことを本当に真剣に考えてあげてはいなかった。

今になって後悔することばかりです。今、こうして彼女のために時間を割《さ》くのは、彼女のためではなく、単に自分の心の平穏のためでしかありません」

師匠が選んだ紅い百合は、ガラスの花瓶に生けられて、彼女の枕元に飾られる。

わたしは目を閉じたままの彼女に、心で語りかけた。

あなたが目覚めることを、待ち望んでいる人たちがいるのだ、と。

枕元にひとり。そうして、離れた場所にひとり。


数日後、師匠の家を芙蓉が訪ねてきた。「摂州合邦辻」の稽古をつけてもらうためだ。

師匠は玄関先まで、芙蓉を出迎えた。

「よくきたね」

芙蓉は深くお辞儀をした。

「やはり、天城屋さんの型で教えていただきたいと思いまして」

師匠の玉手御前は、ほかの女形役者が演じる玉手と少し違う。むしろ、原型である人形浄瑠璃の玉手に近いものだ。

ほかの役者の演じるものより、より激しく恋に狂う女として玉手を作り上げている。

だからこそ、国蔵も芙蓉も、師匠から教わりたいと考えたのだろう。

「先日は、お花をどうもありがとうございました。今朝も病院に顔を出してきましたが、まだきれいに咲いています」

「そうかい。それはよかった」

師匠は柔らかく笑って頷くと、芙蓉を稽古部屋まで誘《いざな》った。

わたしは、義太夫のテープを流すため、師匠のそばに控えた。

歌舞伎、特に丸本物の稽古というのは、普通の芝居の稽古とはまったく違う。義太夫の語りに合わせて、一挙一動まで舞踊のように、完璧に決められている。ここで膝を打ち、ここで、上手《かみて》を窺《うかが》う。ここで、この台詞が終わるまでに、上手へと移動する。

まさに操られた人形のようである。

もちろん、役者が創意工夫したいと思えば、変えることは可能だ。だが、元の型を超えてこその新しい振りだ。元の型を覚えなくてすむというわけではない。

芙蓉は、真剣な顔で、師匠の話を聞き、そうして、それを身体で覚えようと、何度も同じことを繰り返す。前もって、ビデオを何度も見てきたとも言っていた。

国蔵とは、まったく違うタイプの役者だ、と、わたしは改めて思った。

見た目も、国蔵はたとえるなら、樹に咲く花だ。梅か桃か。力強さと華やかさが同居している。だが、芙蓉なら、野の花。それも秋に咲く、桔梗《ききよう》か竜胆《りんどう》か。

手を伸ばせば、簡単に手折《たお》れるほど頼りなげだが、強風に倒されても、また立ち上がるだろう。

見た目だけではない。国蔵は、師匠の言うことを、一瞬で飲み込み、そうして再現する。だが、芙蓉はそれほど器用ではない。何度も確かめながら、少しずつ師匠のことばを身体で覚えていくタイプだ。

だからといって、芙蓉の方が役者として劣るという意味ではない。芙蓉は国蔵の倍や三倍時間をかけても、彼と同じところにたどり着くだろう。

芙蓉の動きの後ろに、国蔵の同じ動きが重なって見えるような気がした。それは、酔いしれずにはいられない鮮やかな幻覚だ。

ふたりの若い女形が、同じ振りで踊り、そうして演じる。

「今日はここまでにしようか」

師匠の声で、わたしは我に返った。あわてて、テープを止める。

目の前には、汗でびっしょりと濡れた芙蓉がいた。

「着替えてから、居間においで。お茶を用意しておくから」

師匠はそう言って立ち上がった。芙蓉は手をついて、深く頭を下げた。

「どうも、ありがとうございました」

汗を拭い、グレーのセーターに着替えた芙蓉からは、さきほどの叶わぬ恋に狂う人妻の妖気は、すっかり抜けていた。

とはいえ、ソファに座る仕草や、コーヒーカップを手に取る仕草もたおやかで、知らぬ人が見ても、歌舞伎の女形だと気づくだろう。もちろん、師匠も、芳沢あやめの「あやめぐさ」を座右の書とする女形だ。このふたりが向かい合って、お茶を飲んでいるところは、現代とは思えないような不思議な雰囲気が漂っている。

「どうだい。少しは、玉手という女性がつかめたかい？」

師匠のことばに、芙蓉は笑って首を振った。

「まだ、とてもとても。彼女はとても底が深くて……。まだ、なにも理解できていないような気がします」

「最初のうちは、だれでもそうだよ。わたしだって、もう何度演じたか、数え切れないほどだけど、そのたびに気づくことはある。焦ることはないさ」

「ありがとうございます」

芙蓉はそう言って、視線を斜め上にやった。そこには来月の歌舞伎座のポスターが貼ってある。

師匠は「奥州安達原《おうしゅうあだちがはら》」の袖萩祭文《そではぎさいもん》を演じる予定である。

「明日は、豊ちゃんが教わりにくるよ。教えているのはどちらもわたしなのに、あんたの玉手とはまた違う。不思議なものだね」

「見てみたいですね。国蔵さんの玉手」

芙蓉はそう言った。その声はとても素直で、嫌みでも、建前でもないように聞こえた。

「公演も同じ月なんだから、無理だろう」

「そうですね。残念だ」

本当に国蔵と芙蓉は仲が悪いのだろうか。芙蓉の口調からは、敵意はうかがえない。

だが、このふたりが稽古場や劇場でも目を合わさず、口もきかないことは真実だ。まるで競い合うように、同じ役を演じようとすることも。

芙蓉はコーヒーカップを置くと、師匠をまっすぐに見た。

「ところで、ひとつお尋ねしたいのですがいいですか？」

「なんだい？」

「中盤、俊徳丸や浅香姫を見つけて、狂乱する場面で、おじさんの玉手は『邪魔しやったら蹴殺す』と言いますよね。ほかの型では『邪魔しやったら許さぬぞ』という台詞になっている。ここはどうしてなんですか？」

師匠は目を細めて頷いた。

「人形浄瑠璃の語りでは、『蹴殺す』なのだよ」

「それは知りませんでした」

不勉強を恥じるように、芙蓉は目を伏せた。

「摂州合邦辻は、人形浄瑠璃と歌舞伎で少し違う。その変更点には、納得できる部分もある。たとえば、人形浄瑠璃では一度しかないサワリ――玉手が俊徳への気持ちを語る部分を、歌舞伎では二度に分けている。これはいい変更だ。人形浄瑠璃では、玉手は母のおとくに、俊徳への気持ちを語るだけだが、歌舞伎では俊徳と浅香姫を前にして、自分の恋情を語る場面が追加されることになるのだからね。より舞台が妖艶《ようえん》なものになる。だが、玉手の恋狂いの場面は、人形浄瑠璃の方が上だよ。たぶん、今『蹴殺す』ではなく『許さぬ』という台詞の方がまかり通っているのは、『蹴殺す』という台詞があまりにもまがまがしく、よりたおやかで美しくあろうとしてきた女形には、抵抗があったこと、もうひとつ、非日常すぎて、滑稽さも感じられるせいだろうね」

静かに話す師匠を見つめながら、芙蓉は無言で頷いていた。

「だが、わたしはやはりここは『蹴殺す』という台詞であるべきだと思うよ。『許さぬぞ』ではまだ甘い。秀人ちゃん、あんたは女が、人を……それも大人を蹴殺すことなどできると思うかい」

芙蓉は少し考え込んだ。

「難しいのではないかと思います。相手が老人か病で弱っているならまだしも、この台詞は奴入平《やっこいりへい》と浅香姫に向けられていますね」

「だから、わたしは思うのだよ。この『邪魔しやったら蹴殺す』という玉手の台詞は、彼女の『恋のためならば悪鬼にもなる』という決意なのだと」

わたしは息を呑んだ。師匠の玉手が「蹴殺す」という台詞を使っていたことは気づいていたが、そこに師匠がどんな思いを込めていたのかは、初めて知った。

「たしかにおっしゃるとおりだと思います」

納得したように頷く芙蓉に向けて、師匠は言った。

「だが、うまく言わないとお客様に笑われてしまうよ。いちばん盛り上がるところなのだからね」

「はい。うまくやれるかどうかわかりませんが、精一杯努力します」

そう言って頭を下げた後、ふいに芙蓉はなにかを思い出したような顔になった。

「ねえ、おじさん。もうひとつお尋ねしてもいいですか？」

「いいよ。なんでもお聞きなさい」

「高安左衛門と俊徳は、玉手が死んだ後、どうなったんでしょうね」

唐突な質問に、さすがの師匠も驚いたのか、目をしばたかせる。

「さあ、どうだろうね。摂州合邦辻のキリは、この合邦庵室だからね。その先は描かれていないだろう。どうしてだい？」

「ふと思ったんです。玉手の夫、高安左衛門は、彼女の死後、嫉妬に苦しむことはなかったのだろうか、と」

死んでしまってからは気持ちは確かめようがない。高安は自分の息子への嫉妬に悩まされるかもしれない。妻は本当に、息子のことを愛していたのかもしれない、と。

芙蓉の言ったことがおもしろかったのか、師匠はくすくすと笑った。

「さあ、わたしがやるのは玉手だけだから、彼女の死んだ後なんて知らないよ」

「そうですね。妙なことを尋ねました」

芙蓉もそう言って笑う。だが、その表情に暗いものが宿っていると思ったのは気のせいだろうか。

夕方近くに、芙蓉は帰っていった。

玄関まで見送りに行った師匠が、靴を履いている芙蓉に尋ねた。

「今日も奥さんのところに行くのかい？」

芙蓉は頷いた。

「ええ、公演が休みの間はいいですね。長い間一緒にいられるから」

なにも知らぬ人が、そのやりとりだけ聞いたらこう思っただろう。この夫婦は、よっぽど仲がいいのだ、と。

帰っていく芙蓉の背中を見送りながら、わたしはひどく切なくなる。

彼は、また目覚めない妻のそばで、待つのだろうか。


その日の夜、山本くんから電話がかかってきた。

「小菊さん、ハチの散歩で近くまできたんです。出てきませんか？」

だからなんで、犬の散歩で家からこんなに離れた場所までやってくるのだ。そう言いたい気持ちを飲み込んで、わたしは駅から近い公園を指定した。

下に降りて、居間でくつろいでいる師匠に尋ねる。

「運動不足なので、ちょっと歩いてきていいですか？」

本を読むときだけかけている眼鏡を押し上げて、師匠は言った。

「いいけど、それだったらビリーを一緒に連れて行ってやっておくれ。朝行ったけど、あの子はいつだって、散歩に行きたいんだから」

わたしはビリーのリードを受け取ると、庭にある犬舎からビリーを出してやった。散歩に連れて行ってもらえると気づいたビリーは跳ね上がって大喜びしている。もう老犬だが、運動は未だに大好きらしい。

山本くんとハチは、公園のベンチで待っていた。ハチは、ビリーを見て驚いたらしく、後ずさりしはじめる。ビリーの方は、大喜びでハチに近づいていった。

「あれ、その子、小菊さんの犬ですか？」

「馬鹿言うんじゃないよ。うちのボロアパートでシェパードが飼えるかい。師匠のだよ」

山本くんはビリーに手の匂いをかがせて、そのあと胸元を撫でてやっていた。ハチは、そのとなりで、固まっている。

「あんた、また今泉にここまで送ってもらったのかい」

ビリーに顔を舐《な》め回されている山本くんに尋ねる。

「違いますよ。今日はぼくひとりできたんです。この前免許を取ったし、車も買ったんです」

山本くんが指さした先には、明らかに中古の軽自動車があった。

「今泉のあのボロ車には乗らないのかい」

今泉は古いフェアレディを、お姫様かなにかのように大事にしている。

「いやです。あんな燃費が悪くて、スピードだけ出るような車」

さすがに山本くんは堅実である。しかし、山本くんが乗っているのも、ある意味ボロ車といえるのだが。

やっと緊張が解けたのか、ハチはビリーとお尻を嗅ぎ合って挨拶している。

「で、今日はどうしたんだい？」

山本くんは、きた理由を思い出したのか、顔を強ばらせた。

「小菊さん、芙蓉のアリバイに穴があることがわかりました」

「え？」

「芙蓉がその日、麻雀をしていたと証言している弟子たちを探っていたのですが、そのうちのひとりが、その夜自分のマンションの近辺で目撃されていました。証言では、麻雀をしていると言っていた時間に、です」

わたしは息を呑んだ。

「ということは、芙蓉は自分の弟子に偽証させていたということかい」

「その可能性が高くなります。彼だけ後からきたとしても、それを言わないのは不自然だ」

そして、理由もなく嘘をつき、弟子に偽証をさせるわけはない。偽証をさせるということは、隠さなくてはならない理由があるということだ。彼が、その夜、どこにいたのかということを。

唇を嚙みしめる。やはり、国蔵が言っていたことが正しいのだろうか。

わたしは昼間の、芙蓉の少し寂しげな笑顔を思い出していた。

あれが、嘘で塗り固められたものだとは、信じたくなかった。

八　実——半年前——

劇場のロビーにかすかなざわめきが起こった。

声のする方に目をやって、わたしは目を見張った。

そこには、中村国蔵がいた。スーツ姿でロビーをこちらに向かって歩いてくる。

歌舞伎の観客は、劇場内で役者を見かけたからといって、駆け寄ってサインや写真をねだったりということは、あまりしない。せいぜい、「いつも応援しています」と声をかけるくらいだ。

だが、気づいた観客たちから、「ほら、中村国蔵よ」という声が漏れ、それはさざなみのように広がっていく。

彼がまっすぐこちらにやってくることに気づいて、驚きのあまり、チラシの束を崩してしまった。それを整えている間に、国蔵さんはわたしの前までやってきた。

「玉置さん、こんばんは」

「こ、こんばんは」

昨夜、わたしは国蔵さんのことばに腹を立て、背を向けて帰った。あのときの自分の反応を思うと、顔から火が出る思いだ。どうして、もっと大人の対応ができなかったのだろう。

国蔵さんは真剣な顔でわたしを見た。

「昨夜は大変失礼なことを言いました。彼女から玉置さんのことをよく聞いていて、親しい人のような気持ちになっていました。初対面の女性に失礼すぎたと反省しています。許していただけますか？」

わたしは下を向いた。三嶋さんが席を外していて、本当によかった、と思った。彼女がいたら、どんな勘ぐりを受けるかわからない。

「わたしこそ、失礼なことを言ってしまって……」

彼の顔が、ほっとしたようにほころぶ。

「じゃあ、許していただけますか？」

わたしは少し考えた。上演開始のブザーが鳴り、観客たちが客席に戻っていく。もうこちらを見ている人もほとんどいない。わたしは意を決して言った。

「まだ、だめです」

彼は困惑したような表情になった。

「どうしたら、許してくださるのですか？」

「芙蓉さんと仲直りしてください」

国蔵さんは、わたしのことばの意味を探るように、首を傾げて考え込んだ。

「仲直りといっても、喧嘩などした覚えはありませんよ」

「でも、ほとんど口をきかないことは事実でしょう」

「それはまあ、そうですが……」

自分でもこんなに強気になっていることが不思議だった。

「国蔵さんと芙蓉さんが口をきかなくなったのは、五年前、芙蓉さんの代役を国蔵さんがやったことが原因だったと聞きました」

国蔵さんは、戸惑ったような表情で、わたしに尋ねた。

「どうして、代役をやったことが不仲の原因になるのですか？」

その口調からは、嫌みなものは感じられない。本当に不思議に思っているといった口調だった。

「国蔵さんが、同い年の芙蓉さんの代役をやらされたのに腹を立てて、それからお互い口をきかなくなったと聞きました」

国蔵さんは、考え込むような表情になって、顎《あご》を撫でた。

「芙蓉さんはそう考えていらっしゃるのですか？」

そう問われて、わたしははじめて芙蓉さんからはなにも聞いていないことに気づいた。

「いえ、そういう噂です」

「それを聞いて安心しました。あの人が、そんなふうに考える人だとは思いたくないですからね」

彼の返答にわたしは驚いた。

「じゃあ、違うんですか？」

「違いますよ。そんなふうに思ったことなど一度もない。あのとき、代役に指名していただいたことは、今でも感謝しています」

そう言われて、わたしは下を向いた。胸が苦しくなるほど恥ずかしかった。噂を鵜呑みにして、なんてことを言ってしまったのだろう。

「じゃあ、どうして芙蓉さんと口をきかないんですか？」

国蔵さんは口元に手をやって考え込んだ。

「難しいですね。すぐには説明できない。なんなら、この後、少し話しませんか。それまでに考えをまとめておきます」

最後の演目は、舞踊の「近江のお兼」だから、短い時間で終わる。それが終わった後、ホテルの喫茶室で話をする約束をした。

出て行く国蔵さんの後ろ姿を見ながら、わたしはふいに不安になる。

美咲さんが知ったら、どう言うだろう。


自分でもうまく話せるかどうか、わからないのです。

国蔵さんは、まっさきにそう言った。

「自分がどうして、岩井芙蓉さんにこんな複雑な感情を抱いているのか、答えが出たような気がするのも、つい最近です。少し前までは、虫が好かないだけかもしれないと、そう考えていました」

舞台の時のように、朗々と響く声ではない。むしろ抑えて、わざと小さく喋っているようなのに、彼の声はひどく心地よい。

「同い年で、同じ女形で、そうして彼の方は名門の出で。意識していなかったと言ったら嘘になります。わたしには手の届かないような役が、彼には黙っていても転がり込んでくる。羨ましいと思っていました。家柄だけで才能もなく、努力もしない人だったら、鼻で笑って終わりだったでしょう。彼はそうじゃなかった。家柄にも恵まれていましたが、努力をしているのが手に取るようにわかった。わたしには決して出せないような、娘のいじらしさや、赤姫の可憐さを兼ね備えていた。悔しいけど、いい役者だと思いました」

彼は照れくさそうに笑った。彼の評価と、わたしの芙蓉さんのイメージが一緒だったことに気づいて、わたしは少しうれしくなる。

「いつか、あの役者のところまでたどり着いてやると思っていました。彼は、ある意味わたしの目標でした。もちろん、すばらしい先輩役者はたくさんいるから、目標にしたい人は彼だけではない。だが、岩井芙蓉はそれとは違う、もっと身近な目標。家柄というハンデを自分の力で乗り越えて、彼と並びたい。そう自分を奮い立たせるための目標でした。わたしの言っていることがわかりますか？」

わたしは頷いた。とてもよくわかる。

「五年前。ちょうど、わたしは『寺子屋』のよだれくりをやらされていましてね。女形がよだれくりですよ。鼻の穴を大きく書くような化粧をして、おどけてぴょんぴょん飛び跳ねて。いつもと違う役で、楽しくもありましたが、複雑でした。一方で、芙蓉さんは『野崎村』のお染と『吉野川』の雛鳥だ。両方ともきれいな衣装を着て、可憐なことこの上なかった。まさに咲き始めの花といった風情だった。悔しかったですよ。お光よろしく、突き飛ばして扉をぴっしゃり閉めたいような気分でした」

コーヒーカップを口に運びながら、彼はくすくす笑った。だが、すぐに真剣な顔になる。

「この役の違いが、わたしと芙蓉さんの立場の違いなのだと思いました。惨《みじ》めでした。どんなに頑張っても、あの人のところにはたどり着けないのかもしれないとまで、思いました。そんなときに、代役の話が舞い込んだのです」

彼は静かに語り続ける。自分だけが、ライバルだと勝手に考えていると思っていたのに、彼の方も、自分を意識していてくれたと知って、国蔵さんは舞い上がりたいような気持ちになったのだと言う。まるで、片思いで、向こうは自分の名前も知らないと思っていた人が、こっちのことを知っていてくれたような、そんな気分だったと。

「たった三日でしたが、彼の衣装を着て舞台に立って、めまいを起こしそうでしたよ。中村銀弥だとか、瀬川菊花だとか名役者たちのすぐそばで、自分にも観客の視線が集まっているのを感じました。芙蓉さんはいつも、こんなところにいるのかと思いました。鳥肌が立って、まともにやれているのかどうかも、自分ではわからなかった」

そうして、いっそう悔しく感じた、と国蔵さんは語った。彼には無条件でそんな場が与えられている。

「自分だって、そんなに悪くはないとうぬぼれていたのですよ。芙蓉さんとはまったくタイプは違うが、自分だって役を与えられれば、立派にやってみせる、と」

だが、そんな思いを吹き飛ばすほど、その舞台は衝撃的だった。

「はじめて、自分が歌舞伎という大きなものの、パーツのひとつになったような気がしました。自分はここで一生やっていくんだ。歌舞伎と心中するんだ、そう思いましたよ」

そう言いきる国蔵さんを、わたしは羨ましいと思った。そんなふうに考えられるものを持つ人など、そんなにいない。

「芙蓉さんのお弟子さんが、『代役のお礼に』と言って菓子折を持ってきましたが、そんなものはもらう必要がないと言って返しました。代役をさせていただいたこと自体が、ありがたいことですから。でも、そのせいで、そんな噂を立てられたのかもしれませんね」

人は自分が納得できるような理由を探しがちだ。見つからなければ、散らばった欠片から、自分の好みのストーリーを作り上げる。それが真実であるかどうかは、別として。

わたしは思い切って、核心に切り込んだ。

「じゃあ、どうして、それから口をきかないんですか？」

国蔵さんは目を細めた。

「なれ合いたくないんです。仲良くなれば、彼の弱いところやつまらないところも見えてくる。もちろん、友達ならそんなことは関係はない。けれども、彼はわたしにとって、目標でした。手を伸ばせば届きそうで、届かない。彼がいるから、わたしは頑張ってこられたのだと思っています。彼が少し先を走っているから、それをまっすぐ追いかけていられる。だから、彼とは親しくなりたくなかった。わかりますか？」

わかるようで、今一歩わからないようなもどかしい感じだった。わたしはそんなに緊迫した感情を人に持ったことがない。

わたしの返事を聞かずに、国蔵さんはことばを続けた。

「わたしは別に、芙蓉さんにも嫌われているとは思っていません。今、同じ舞台に立っているからわかります」

そう言われて、わたしは思い出した。今、上演されている野崎村は、お光が芙蓉さん、そうしてお染が国蔵さんだ。

同じことを考えたのか、国蔵さんは微笑した。

「あのとき、まぶしく思ったお染の場所までたどり着いてみたら、彼はもうお光だ。まぶしいですよ」

彼はもう一度繰り返した。

とてもまぶしい、と。

翌日、美咲さんがまた名古屋へやってきた。

少しくすんだサーモンピンクの色無地に深緑の染め帯という和服を着て、彼女のまわりだけ春みたいだった。

彼女はやたら、上機嫌だった。ご贔屓さんたちに愛嬌を振りまき、裏方たちとも楽しげに談笑していた。こんな美咲さんははじめて見た。

彼女の上機嫌がわたしには少し怖かった。

それはむしろ、やけっぱちのような雰囲気すら感じられた。たぶん、こんなふうに思っているのはわたしだけだろうけど。

脂ののった鮭みたいな色の和服で、彼女は観客たちの中を泳ぐ。歌舞伎に詳しい人なら、彼女が岩井芙蓉の妻だということは、すぐに気づくだろう。そんなふうに、視線を浴びることを、なぜか楽しんでいるように見えた。

彼女がこんなに上機嫌なのは、また中村国蔵と会えるからだろうか。そう考えて、わたしはいっそう暗い気持ちになる。

昨夜、国蔵さんと話をして、たしかにとてもいい人だと思った。外見や声だけではなく、内に秘めたものも熱く、そうして強い人だ。もし、友達が「彼に恋をした」と言ったら、わたしは彼女の慧眼《けいがん》を褒め称《たた》え、そうしてその恋を応援するだろう。

しかし、美咲さんは別だ。彼女には夫がいて、しかもそれは、岩井芙蓉なのだ。

わたしはためいきをついて、宙を仰いだ。

昨日、国蔵さんは芙蓉さんに敵意など持っていないと話していた。むしろ、彼は目標であり、好敵手なのだと。

だから、あえて芙蓉さんの妻を奪おうとすることなどないだろう。だが、ふたりが逆らえない恋に落ちてしまうことだって、ないとはいえないのだ。

ロビーをひとまわりしていた美咲さんが、役者別受付に戻ってきた。

「実、舞台が終わったら、わたしのホテルの部屋で飲まない？　ワイン買ってきてあるの」

そう誘われて、わたしは少し戸惑った。

「わたしは大丈夫ですけど、美咲さんいいんですか？」

「なにが？」

「せっかく、芙蓉さんとしばらくぶりに会うのに、一緒にお食事とかしなくて」

彼女の顔が一瞬強ばったような気がした。すぐに笑顔に戻る。

「いいのよ。あの人、今日はほかの役者たちと麻雀する約束らしいの」

それを聞いて、わたしは芙蓉さんの顔を思い浮かべた。彼はたしかに、あのたおやかな外見には似合わず、賭け事が好きなのだが、せっかく奥さんが東京からやってきた日まで、麻雀をしなくてもよいではないか、と。

やはり、このふたりは三嶋さんの言うとおり、不仲なのだろうか。

最後の舞踊が終わり、後片づけをすませると、わたしは美咲さんと一緒に劇場を出た。美咲さんの足取りはまるで酔っているようだった。ふらふらとおぼつかなく、思わず手を伸ばして支えたい衝動に、何度かられたことだろう。

やっと、彼女の泊まっているホテルに着いて、エレベーターで部屋まで上がる。部屋に入ると、彼女は慣れた手つきで、和服を脱いだ。襦袢《じゅばん》姿になると、手際よく色無地と帯を畳み、畳紙《たとう》に包む。

彼女の襦袢は、袖だけに友禅のような美しい染めをほどこした、珍しいものだった。この上に色無地を着ると、袖口や身八《みや》つ口《くち》から、この美しい染めがのぞくのだろう。わたしはベッドに腰を下ろしながら、着替える彼女に見とれていた。

彼女は襦袢のまま、ホテルの冷蔵庫からワインを出した。きれいな黄金色の白ワインだった。

わざわざ持ってきてもらったワイングラスで、わたしたちは理由もなく乾杯をした。

彼女はなにが楽しいのか、くすくすと笑う。

国蔵さんと会ったことを話そうかどうか、わたしは迷っていた。わたしが話さなくても、国蔵さんが話すだろう。だとすれば、黙っている方がまずい。そう思うが、どう切り出していいのかわからない。

ワインはまるで蜂蜜のように甘かった。

彼女はグラスのワインを、水でも飲んでいるかのように飲み干した。それから、鮑の中から、大きな貝殻を取りだした。鮑《あわび》のようなそれを杯にして、またワインを注ぐ。

彼女は笑いながら、ベッドの背もたれに身体をもたせかけた。

いつもきれいに整えられた髪は、時間のせいでブローがとれてしまっているが、それがまた崩れたような色香になっている。鮮やかな紅色の襦袢でしどけなくワインを飲む彼女は、ひどくなまめかしかった。

清楚だと思っていた人の中に、今まで気づかなかった魅力を発見して、わたしは男のようにどぎまぎしてしまう。

彼女は貝の杯で、またワインを飲み干す。

「ねえ、実」

わたしの目は、なぜか彼女に釘付けになっていた。彼女はわたしの反応など気にしないように話し続ける。

「わたし、明日また好きな人に会うの。会って、自分の気持ちを隠して、笑って世間話して、帰ってきっとまた泣く。わたし、いったいどうすればいいと思う？」

笑っているのに、その表情はひどく寂しげで、胸が締め付けられるようだった。

どうして、運命はこんなひどいことをするのだろう。わたしは、芙蓉さんが傷つくところも、美咲さんが傷つくところも見たくなかった。

なぜか、勝手に口が動いていた。

「美咲さんが好きな人って、国蔵さんですか？」

彼女の目が驚いたように見開かれる。

「どうして、国蔵さんのこと……」

わたしは深く息を吸って、そうして説明した。

「わたし、二、三日前に偶然国蔵さんと会ったんです。そのとき、国蔵さんが言っていました。美咲さんとは、よく会って話すって。気があって楽しいって」

彼女は固く唇を引き結んだ。先ほどまでの機嫌の良さが嘘のように冷たい表情になる。

「それで、あなたはどうするの？　芙蓉さんにそれを言う？」

思いもかけないことを言われて、わたしは絶句した。

「そんな。言うわけないじゃないですか！」

もし、わたしが美咲さんのことが嫌いだったとしても、芙蓉さんを傷つけることなんて言いたくない。彼が悲しむところなど見たくなかった。

「言えばいいじゃない。どうして言わないの？」

彼女は挑発的に笑った。

「わたし、知っているわよ。実、芙蓉さんのことが好きでしょう？　言えばいいじゃない。わたしのこと告げ口して、点数稼げばいいでしょう」

まるで火で炙《あぶ》られたように顔が熱くなる。たしかに、芙蓉さんのことは好きだった。だけど、そんな言い方をされるような「好き」ではない。ただ、憧れていて、尊敬していて、見ていたいと思っているだけだ。

そう言い訳しようとして、すぐに気づく。

もしかして、彼女の方が正しいのかもしれない。わたしにとって、芙蓉さんは届かない人だった。彼がわたしのことを見てくれるなんて考えもしなかった。だから自分が彼に恋しているなんて考えたことはなかった。

けれども、彼女にとっては、わたしは自分の夫に思いを抱く、不埒《ふらち》な人間なのかもしれない。

わたしは下を向いて、唇を噛んだ。

「ずっと、わかっていた。実が、芙蓉さんのことを好きだってことは。告白しちゃえば？　彼も受け入れてくれるかもよ」

「やめてください」

わたしは下を向いたままつぶやいた。

ただ、胸が痛くてどうしていいのかわからなかった。彼女も傷ついているのかもしれないけれど、だからといって、わたしをこんなふうに傷つけていい理由にはならない。

わたしは立ち上がった。上着を羽織る。

「もう帰ります」

彼女はベッドの背もたれにもたれたまま、顔を背《そむ》けた。

「芙蓉さんに言ってよ。彼だって、それを知ったら別れてくれるかもしれないから」

わたしは拳《こぶし》を握りしめた。そんなことは自分で言えばいい。いやな役目を押しつけられるなんてまっぴらだ。

わたしは返事をせずに部屋を出た。

なにかがドアにぶつけられるような音がした。

歩きながら、わたしは自分の頬が濡れていることに気づいていた。

たぶん、わたしが彼女の友達でいられるのも、今日で終わりだ。

最初は迷っていた。だが、時間が経つに連れ、わたしの決心は固くなっていた。

この仕事は楽しくて、そうして気に入っていた。けれども、美咲さんとあんなことになってしまったからには、これ以上続けることは難しいかもしれない。

もう彼女と口をきくのもつらかった。それだけではない。芙蓉さんの舞台を見ることすら、気が重くなっていた。

やはり、もう辞めるしかないのかもしれない。

こんな状態で、仕事にすがりついていれば、芙蓉さんや歌舞伎自体まで嫌いになってしまいそうだった。幸い、二、三ヶ月ゆっくり仕事を探せるくらいの貯金はあるし、ここできっぱりと辞めて、新しい仕事を探した方がいい。

芙蓉さんや、まわりの人に迷惑をかけるのはいやだから、新しい人が見つかるまでは続けるつもりだが、早く新しい番頭を探してもらうためには、芙蓉さんに報告しなければばならない。それが気が重かった。

この公演の千秋楽までには絶対に伝えよう。そう思いながら、わたしは理由をつけて、それを先延ばしにしていた。

千秋楽まで、あと数日に迫った日のことだった。

昼食を取るために、劇場を出て、近くのレストランに向かっていたとき、後ろから声をかけられた。

「玉置さん？」

振り返ると、芙蓉さんの弟子の蓉二郎さんだった。

「今から、お昼ですか？」

わたしは笑って頷いた。

「そう。蓉二郎さんは？」

「おれも、これから昼飯食おうと思っていたところ。一緒にどうですか？」

わたしは頷いて、彼と並んで歩き出した。

レストランで、蓉二郎さんと向き合って座った。注文をすませ、他愛ない会話をしたあと、わたしはおそるおそる、彼に言った。

「実は……辞めようと思っているんです」

彼は大げさな仕草でのけぞって見せた。

「え、本当ですか。どうして？」

本当の理由は、やはり言えない。わたしはわざと軽く言った。

「やっぱり、休みが少ないのもつらいし、一ヶ月ずっと地方というのもつらいし……。もっと普通の仕事を探そうと思って」

本当のことを知られるくらいなら、いいかげんな人間だと思われた方がよかった。蓉二郎さんに言えば、事前に芙蓉さんに伝わるだろう。そうすれば、わたしも話を切り出しやすい。

蓉二郎さんは肘《ひじ》をついて、物憂げにわたしを見た。

「そうか。玉置さん辞めてしまうのか。玉置さんは仕事が速くて確実だから、助かっていたのになあ。若旦那も残念がるだろうな」

「ごめんなさい」

そんなふうに言われると胸が痛んだ。わたしも、芙蓉さんのお手伝いができることがうれしかった。蓉二郎さんだけでなく、ほかのお弟子さんもいい人ばかりだった。

わたしはふいに、三ヶ月前の自分を責めた。美咲さんと親しくさえならなければ、ずっとここにいられたのに。

だが、それさえもわたしが選んだことだ。

空気が重く感じられて、わたしは話題を探した。

ふいに、以前から気になっていたことを思い出した。よけいに空気は悪くなってしまうかもしれないが、たぶんこの先、蓉二郎さんに尋ねる機会などないだろう。

「あの……、芙蓉さんと奥さんって、最近仲がよくないんですか？」

彼は驚いたように目を見開いた。

「え、どうして。美咲さんがなんか言ってたんですか？」

わたしはあわてて首を横に振った。

「いえ、そうじゃないけど、噂で」

蓉二郎さんは、ことばを選ぶように首を傾げた。

「うーん、そんなことはないと思うけどなあ」

「そう、じゃ、ただの噂だったのね」

そう言って話を変えようとしたとき、蓉二郎さんが唇に人差し指をあてた。

「ここだけの話。玉置さんは口が軽くなさそうだから言うけど」

「え、なんですか？」

大げさなジェスチャーの後、彼は声を潜めた。

「あのふたり、もともと仮面夫婦だからさ」

「え……？」

わたしは息を呑んで、蓉二郎さんの顔を見た。

「仮面夫婦って……」

「若旦那は外見もああだけど、気持ちも女と一緒だからさ。正直な話、女性に恋愛感情を抱くことはないだろうけど、跡取りのことだとか、ご贔屓さんへの挨拶などの仕事のために、美咲さんと結婚したんだろうと思うよ」

蓉二郎さんは、なんでもないことのようにそう言ったが、わたしの掌は汗でびっしょりと濡れていた。

いや、もし、芙蓉さんが独身だったら、わたしは彼の言ったことをそれほど意外には思わなかっただろう。女性よりも女性らしい、可憐でたおやかな人。彼が、心も女性と同じだったとしても、不思議はない。梨園にはそんな人はいくらでもいる。

だが、美咲さんと結婚していたことで、わたしはそんな可能性など考えもしなかった。

わたしは少し前三嶋さんに言われたことを思い出した。

「でも、芙蓉さんって結婚前は派手だったって……モデルとか芸妓さんとか」

「ああ、それ。若旦那は研究熱心だからさ。きれいな女性とか、仕草が魅力的な女性と知り合うと、その魅力を探ろうと必死になるんだよ。それで、親しくなってよく食事をしていたのが、噂になっただけ。向こうも恋愛感情なんかなかったと思うよ」

わたしはスカートの生地を強く握りしめていた。蓉二郎さんはわたしの動揺に気づかず、話し続けた。

「美咲さんだって、知らないはずはないと思う。知ってて、永久就職みたいなつもりで結婚したんだろう。だから、今更不仲とかそういうことはないんじゃないかな」

わたしはどう答えていいのかわからないまま、水の入ったコップを眺めていた。

美咲さんはだれも裏切ってはいなかったのかもしれない。

わたしだけが、彼女が裏切ったと勝手に決めつけていたのだ。

芙蓉さんの楽屋の前で、わたしは大きく深呼吸をした。自分を奮い立たせるため、怖《お》じ気《け》づいてしまわないため。それから、のれんをあげる。

「芙蓉さん、今、いいですか？」

座布団の上に座って、雑誌をめくっていた芙蓉さんが顔を上げた。

「ああ、玉置さん。どうぞ」

芙蓉さんは雑誌を閉じると、空いている座布団をわたしに勧めてくれた。わたしはその上に小さくなって座った。

「あの……もしかしたら蓉二郎さんからお聞きかもしれませんが……」

芙蓉さんの顔が真剣になる。

「ええ、聞きました。本当なんですね。もうお気持ちは変わりませんか？」

わたしは頷いた。

「ご迷惑をかけて本当にすみません」

「いえ、今まで本当にありがとうございました。玉置さんはよく気が付く方でしたので、助けられることばかりでした。こちらこそ、いろいろご迷惑をかけたかと思いますが……」

芙蓉さんに頭を下げられて、わたしはあわてた。

「いえ、そんな。単にわたしのわがままで……」

「それで、いつまでいていただけますか？」

「特に次の職場が決まっているわけではないので、新しい方が見つかるまではいるつもりです」

芙蓉さんは、少しほっとしたような表情になった。

「ありがとうございます。なるべく早く、代わりの人を探すようにします」

その笑顔は、やはりまぶしくて、わたしは胸が痛くなる。

もうこの人のそばにいられないのだ。

沈黙が重くて、わたしは早々に立ち上がった。

「それでは、ご迷惑をおかけしますが、よろしくお願いします」

「こちらこそ」

芙蓉さんはそう言って、微笑んだ。

のれんを上げる前、わたしはもう一度振り返った。芙蓉さんは見送るようにこちらを向いていた。

心を決めて口を開いた。

「あの、芙蓉さん」

「はい？」

「美咲さんに、好きな人がいるのをご存じですか？」

彼は驚いたように目を見開いた。だが、それだけだった。表情はまた穏やかなものに戻る。

「いいえ、知りません」

それ以上言うのはわたしにはつらすぎた。

「美咲さんにきいてください」

彼は頷いた。嫉妬も、不快さも、怒りもない表情で。妻ではなく、妹の恋の話でも聞いたような顔だった。わたしは蓉二郎さんのことばが正しかったことを知った。

「わかりました。彼女と話してみます」

わたしはお辞儀をして、彼に背を向けた。

心の中で、わたしは彼に願っていた。

どうか、美咲さんを自由にしてあげてください、と。

九　小菊

その日は、鼓《つづみ》の稽古だった。

歌舞伎役者に必要なのは、日本舞踊だけではない。三味線に鼓、長唄や義太夫、ほかにもお茶や書道など、できれば身につけておいた方がいいことは、数え切れないほどある。わたしも、舞台の合間を縫って、鼓とお茶、そして義太夫を習いに通っている。会社から手当がでるわけではないが、役者として自分を磨くためには、ないがしろにできない投資である。

もちろん、中二階のわたしが、どんなに一所懸命習い事に打ち込んだって、本舞台で主役を踏む日など、一生こない。だが、そんなことはたいしたことではない。

今月は師匠が舞台に立たないから、わたしもゆっくり習い事ができる。鼓の稽古もひさしぶりだ。

鼓のお師匠さんの自宅、稽古の順番待ちの和室で、お茶を飲みながらくつろいでいると、聞き覚えのある声がした。

「おや、小菊さんもいらっしゃっていたんですか？」

顔を上げると、そこには岩井蓉二郎が立っていた。岩井芙蓉の弟子で、養成所の三年後輩の立役役者だ。

「やあ、ひさしぶりだね」

蓉二郎は、わたしの隣に座布団を持ってきて座った。

山本くんから聞いたことを、ふいに思い出す。岩井芙蓉の自宅が火事になった日、芙蓉は弟子と麻雀に興じていたと言っていた。芙蓉のほかの三人のうち、ひとりがこの蓉二郎である。しかも、場所は蓉二郎のマンションだった。

たしかにその夜、警察から会社に連絡が行き、会社が携帯を鳴らしたところ、芙蓉は蓉二郎のマンションにいた。絶句する芙蓉の代わりに、蓉二郎が途中から携帯を受け取って話を聞いたというから間違いはない。

しかも、その連絡を受けて数分後、ばたばたと部屋を出て行く四人の男を、早朝にゴミ出しをしていた同じマンションの住人が目撃している。

だが、問題は麻雀をはじめた時間である。警察に芙蓉は、舞台が終わって、一度家に帰った後、十一時過ぎに自宅を出て蓉二郎のマンションに行き、麻雀をはじめたと証言している。

蓉二郎のマンションと岩井芙蓉の自宅とは、車で十分もかからない場所にある。

だが、残りのふたりのうちのひとり、岩井蓉香が、深夜二時頃自宅を出て行くところを目撃されていたという。

火事が発見されたのは深夜三時半頃、消し止められ、岩井芙蓉に連絡がいったのは四時を過ぎていたという。今まで、岩井芙蓉のアリバイは、十一時から翌四時まであると思われていた。だが、そのはじめの時間があやしいということになると、彼のアリバイは大きくぐらつく。極端な話、最後の四時前後しかアリバイがないことになるのだ。そこだけは、関係者以外の証言があるが、ほかの時間のアリバイを証言するのは、芙蓉の弟子だけだ。

国蔵が言ったとおり、芙蓉の弟子なら、芙蓉のために偽証をするかもしれない。芙蓉にもしなにかがあったら、彼らは仕事を失うのだから。

蓉二郎なら知っている。岩井芙蓉が嘘をついたのか、どうか。

だが、さすがにそれを尋ねることは、ためらわれた。

顔見知りのお弟子さんが、稽古を終えて戻ってきた。次はわたしの番である。

ふいに、そのときある考えが浮かんだ。

わたしは蓉二郎の方を向いた。

「蓉二郎ちゃん、わたしは今日は暇だから、なんだったら先にやってくれてもいいよ」

「え、いいんですか？」

彼は疑う様子もなく、そう尋ねてきた。

「ああ、今日はひさしぶりだから、お師匠さんにゆっくり教えてもらうつもりだしね」

役者同士、忙しいときには順番を譲り合うのはいつものことだ。蓉二郎は本と鼓を手に立ち上がった。

「じゃあ、おことばに甘えて、先にさせていただきます」

蓉二郎が稽古場に行き、鼓の音が聞こえてくると、わたしはあたりを見回した。ほかに人はいない。

心で、蓉二郎に詫《わ》びながら、わたしはそばに置かれた彼の鞄から携帯電話を抜き取った。幸いロックはかかっていなかった。電話帳を呼び出して、ある名前を探す。

それはすぐに見つかった。わたしはその番号をメモした。

浴衣の袖で携帯電話を拭うと、わたしはそれを蓉二郎の鞄に戻した。


鼓の稽古が終わると、わたしはまっすぐ今泉の事務所へ向かった。

事務所では、今泉と山本くんが、渋い表情で、顔をつきあわせていた。

「どうだい。あれから、なにか進展があったかい？」

わたしの質問に、今泉は露骨にいやな顔をした。山本くんが口を開く。

「どうやら、芙蓉たちが弟子のアパートに集まったのは、三時半頃という可能性が高くなってきました。ほかの弟子たちの足取りも確認できたんです」

わたしは息を呑んだ。だとすれば、芙蓉のアリバイはあやふやなものになる。

「で、この先は？」

「このことを警察に告げるべきかどうか、今悩んでいるんです。岩井芙蓉が偽証をしているということがわかったら、警察もくわしく調べ直してくれるでしょうから」

今泉が、眉間にしわを寄せてつぶやいた。

「だが、動機がない」

「え?」

たしかに、岩井芙蓉が奥さんを殺す動機など、わたしにも見つからない。しかし、中村国蔵の聞いた、美咲さんからの電話のこともある。夫婦間で、ほかの人間にはわからないなにかがあったのかもしれない。

「現場の洗い直しということになると、ぼくたちの手に余る。警察の手を借りるほかはない。だが、もし芙蓉が関係なければ、とりかえしのつかないことをしてしまうことになる」

今泉は顔の前で、祈るように手を組み合わせた。

「せめて、動機らしきものが確認できない限りは、その一歩は踏み出したくない」

「そういえば、これ」

急に思い出した。胸ポケットからメモを探す。

「なんだ?」

「言っていただろ。上総屋さんの元番頭。玉置実さんの携帯番号」

今泉と山本くんは顔を見合わせた。

「どこでそれを!」

手を伸ばす今泉から、ひらひらと遠ざける。

「でも、昔のかもしれないよ。番号変更されているかもしれない。期待させすぎないようにあらかじめ言っておく」

そう断って、わたしはメモを今泉に渡した。

「いや、これは昔のじゃない。以前の携帯番号は調べたが、もう使われていなかった。その番号とは違う。助かるよ、小菊」

珍しく今泉に感謝されて、わたしは胸を張った。

「どこで見つけたんですか？」

山本くんの質問に、わたしは少し声を潜めて答えた。

「岩井蓉二郎の携帯に登録されていたんだよ。あまり褒められた行為じゃないけどね」

山本くんは不思議そうな顔になった。

「岩井蓉二郎なら、あたったはずなんですが……玉置さんの親戚のふりをして。どうして教えてくれなかったんだろう」

今泉は、メモを凝視しながら言った。

「もしかすると、彼は玉置実と、密に連絡を取り合っているのかもしれない。なら、ぼくたちのような親戚がいないことも、すぐに確認できたはずだ」

「だとすれば、彼女も警戒しているかもしれませんね」

今泉は険しい顔で頷いた。

わたしは、病室で眠る美咲さんを思い出していた。

彼女と唯一親しかったという女性は、どんなことを知っているのだろう。

わたしは手を大きく伸ばして、深呼吸をした。

「まったく……、いったいなにがなんだかわからないよ。師匠の家に入っていた怪文書のこともあるしさ」

今泉は、メモから顔を上げてわたしを見た。

「ああ、あれならだいたい見当はついている」

「え？」

驚くわたしに、山本くんがにっこり微笑みかけた。

次の日、岩井芙蓉はまた稽古にやってきた。

いつも通りの柔らかい物腰と笑顔。その裏に別の顔がひそんでいるとは、とても思えない。

本当に彼が、美咲さんをあんなふうにしたのだろうか。

そんなふうに考えてしまうことがつらくて、わたしは彼の顔をまっすぐ見られなかった。

今日の稽古は、「摂州合邦辻」の後半、玉手が父、合邦に刺された後の場面だ。

最愛の娘を、自分の手で刺してしまった合邦の嘆きの後、玉手が自分の本心を告白する。

俊徳丸に恋を仕掛けたのは、彼を兄の次郎丸から守るためだったと。

〽継子二人の命をば、我が身一つに引き受けて、不義者と言われ、悪人になって身を果たすが、継子大切、夫の御恩、せめて報ずる百分一《ひやくぶいち》でござんすわいなあ。

後半は、傷を負っての告白だから、玉手の動きは少ない。ひたすら、痛みをこらえながら、真実を語るだけだ。その分、心が入っていなければ観客を引きつけることはできない。

俊徳丸は、継母の命をかけての恩に報いるため、玉手のために寺を建てることを約束する。

玉手はまわりの人々が繰る数珠の中で、手を合わせて辞世の句を詠む。

ふき払う迷いの空も雲はれて、蓮のうてなに月を見るかな
義太夫を流しながら、わたしはふいに思った。

やはり、玉手は俊徳のことを思っていたのかもしれない。玉手の辞世の句「ふき払う迷いの空」の迷いとは、俊徳と夫の間で揺れ動く自分の心のことではないのか。

彼女の言うとおり、玉手が夫のためだけに動いていたのなら、そこに迷いなど生じるはずはない。

岩井芙蓉の玉手は、まるで露が転がりながら大きくなるように、少しずつ形を見せ始めていた。

師匠の玉手のように、妖気《ようき》を感じさせるような女性ではなく、はじめての恋に自分を見失う、瑞々《みずみず》しい若妻のような玉手だった。

稽古が終わった後、居間で芙蓉と師匠は向き合っていた。

「これで最後だけど、またわからないことがあれば、いつでもいらっしゃい」

師匠のことばに、芙蓉は深々と頭を下げた。

「ありがとうございました」

「頑張んなさい。今はまだ輪郭だけだけど、これにどんな色を塗るかは、あんたが作り出すものだよ」

「はい、努力します」

出されたコーヒーの香りを確かめるように一口飲むと、芙蓉は急に真剣な表情になった。

「おじさん、女形は、本当の女ではなく、男が作り上げた女だからより魅力的だという人がいますよね」

たしかにそのことばは、女形を語るときの常套句《じょうとうく》だ。

「でも、最近思うんです。結局、わたしたちは本当の女性にはかなわないんじゃないかって」

師匠は芙蓉の真意を尋ねるように首を傾げた。

「ああ、女形が女優に負けるとかそういう意味ではないんです。わたしたちが虚構のように作り上げた女の強さや激しさは、たしかに本当の女性の中にもあって、わたしたちは結局、それを真似ることしかできないいんじゃないかと思うんです」

師匠は、やっと理解したように微笑した。

「女性ばかりが特別だと思うのは、むしろ女性に対して失礼かもしれない。男のために死ぬ女も、子供のために死ぬ女も、物語の中の存在だ。だが、そういう強さの元のようなものは、すべての女性の中に存在するような気が、わたしもしているよ。そういう意味で、女性にかなわないというのは、わたしも同感だね」

芙蓉は頷いて、こう言った。

「そうして、そんな女性をまぶしく思うからこそ、女形という仕事を本当に誇りに思うことができたような気がします」

わたしの頭の中は、また混乱する。目の前に座っている芙蓉は、相変わらず少女のような、可憐な仕草をしているけれど、なぜか彼がひどく凜々しく見えたのだ。

ふいに、師匠がカップを置いて手を膝にやった。真剣な話を切り出すときの、師匠のいつもの仕草だった。

「実はね、秀人ちゃん。上から話してくれと言われたんだが、道成寺を踊ってみないかという話がきているんだよ」

娘道成寺は、女形の舞踊の最高峰だ。安珍清姫の伝説を元に、可憐な娘から、恋に嘆く女まで、女のいろんな姿を、華やかな引き抜きや、いろんな道具を使った振りで見せる。

「歌舞伎座ではありませんが、道成寺は地方公演でやったことはありますが……」

「普通の道成寺ではない。二人《にに》道成寺《ん》だよ」

二人道成寺は、道成寺のバリエーションで、その名のとおり、道成寺をふたりで踊るものだ。パートを分けたり、また同じ振りを左右対称に踊ったり、ふたりの女形の華やかな競演を楽しむ演目である。

芙蓉は不思議そうに尋ねた。

「どなたとですか？」

「中村国蔵とだよ」

わたしは驚いて、師匠を見た。師匠は平然とした顔をしている。

芙蓉は考え込むように目を伏せた。

「とても、ありがたいお話だと思います。けれども、国蔵さんがなんというか……」

師匠はくすくすと笑った。

「豊ちゃんは絶対に断らないよ。わたしが保証する」

「そうでしょうか」

芙蓉はしばらく黙り込んだ。そうして顔を上げる。

「国蔵さんは、自分の実力でここまで上り詰めてきた人です。あの方の舞台を見るたび、それをわたしとは、苦しさも努力もまったく違うでしょう。あの方の舞台を見るたび、それを痛感して、自分が恥ずかしくなります。わたしがあの方の立場なら、今、あの方の場所にいることは無理でしょうから。そんな人と、同じ舞台に立つだけでもひどく緊張するのに、同じ振りをするなんて、とても怖いです。自分の甘さを露呈されてしまいそうで……」

師匠は笑っていた。そうして言う。

「よく考えてごらん。たとえ最初から恵まれていたとして、あんたはなんの努力もしなかったのかい」

芙蓉は驚いたように目を見開いた。しばらく黙り込んだあと、顔を上げる。

「わかりました。踊らせてください」

その表情には強い決意がみなぎっていた。

十　実

新しい番頭は、山澤さんという三十代の男性だった。

新劇の役者さんのマネージャーをしていたことがあるというだけあって、覚えも早く、仕事もきちんとやってくれそうだった。

引き継ぎはもう終わりに近づいてきていた。辞めると言った次の週に、芙蓉さんは山澤さんを探してきた。それから一ヶ月かけて、わたしは彼に仕事を教えた。

わたしはこの週末で、上総屋を去る。わたしがいなくなっても、山澤さんがいれば、もう困ることはないだろう。

それは、ほっとするような、寂しいような不思議な感覚だった。

あれから、美咲さんとは必要なことしか会話をしていない。三嶋さんには、わたしと美咲さんが揉めたことを見抜かれてしまった。

彼女は美咲さんに対して憤慨していたが、わたしを引き留めようとはしなかった。たぶん彼女もわかっているのだろう。役者の妻に嫌われながら、この仕事を続けるなんて無理なことだと。

芙蓉さんは送別会をしてくれると言ったが、わたしは断った。

そんなことをしてもらえば、泣いてしまうかもしれない。無様な姿だけは見せたくなかった。

退職を二日後に控えた日、わたしは事務所でひとり仕事をしていた。山澤さんは、先に帰ってもらった。わたしがいなくなれば、彼はひとりでこの仕事をやることになる。

少しでも、慣れない彼を楽にしてあげたくて、わたしは先の分までご贔屓様の宛名書きや、チラシ折りをやっていた。

ふいに、事務所の扉が開いて、わたしは顔を上げた。

そこには美咲さんが立っていた。黒いコートを羽織って、眉間に深い皺を寄せた顔で。

「まだ、お仕事？」

わたしは動揺しながら答えた。

「これが終わったら帰ります」

あれからまた、美咲さんはやつれたような気がした。目の下には濃い隈《くま》が浮かんでいたが、それがよけいに彼女の美貌を引き立たせているように思えた。

彼女は、わたしのそばまで歩いてきた。

「ねえ、辞めるのって、わたしのせい？」

そう言われて、わたしはよけいに動揺してしまう。

「いえ、そういうわけでは……」

「そうよね。実が、『あんたのせいよ』なんて言うわけはないものね。でも、言ってもいいのよ。わたしに気を遣うことなんてない」

彼女は挑発的に言って、空いている椅子に座った。わたしはどう答えていいのかわからなかった。

たしかに辞めるのは美咲さんと揉めたせいだ。だが、美咲さんのせいだとは考えていない。むしろ、それはうまくやれなかったわたしのせいだ。

美咲さんはふいに、話を変えた。

「ねえ、実は歌舞伎では、どの演目が好き？」

「え……」

唐突な質問に戸惑う。急には思い浮かばないが、ふいに先月の演目を思い出した。

「野崎村とか……好きです」

彼女は、脚を投げ出すように座って、ためいきをついた。

「嬉しかったは、たった半刻、か。実って、あのお光みたい。なにもかも勝手に飲み込んで、人のことばかり考えて、自分が犠牲になろうとするの」

わたしは驚いて首を横に振った。

「わたし、あんなにけなげじゃないです」

「ほら、お光をけなげだと考えることが、彼女みたいな人間だという証拠。わたしは、あんな子大嫌い。自分の選んだことなのに、これ見よがしに泣いたりして」

わたしのことが嫌いだと言われたも同然だった。わたしはわざと、感情を押し殺して言った。

「美咲さんは、なにが好きなんですか？」

「わたし？　摂州合邦辻が大好き。夫なんて捨てて、たとえ相手が義理の息子でも、恋のために家を飛び出す玉手御前みたいな人が好き」

　だが、玉手御前も、結局家のために命を投げ出して犠牲になるではないか。そう言い返そうとして、わたしは口をつぐんだ。

　彼女は、玉手御前に自分を投影しているのかもしれない。恋に身を投げ出したくても、そうできない自分を悔いながら。

――ヤア、恋路の闇に迷うた我が身、道も法も聞く耳持たぬ。もうこの上は俊徳様、何れへなりとも連れのいて、恋の一念通さでおこうか。邪魔しやったら許さぬぞ――

　彼女はふいに、わたしの方を見た。

「ねえ、実。どうして芙蓉さんに国蔵さんのことを言わないの？」

　わたしは驚いて、思わず言ってしまった。

「言いました」

　すぐに後悔する。たとえ、彼女に挑発されたとしても、それは間違いなく陰口だ。

　彼女は目を見開いた。

「言ったの？」

わたしは仕方なく頷いた。口に出したことばは消せない。

「そう……」

彼女は目を伏せた。その仕草は、ひどく寂しげだった。どこか芙蓉さんの演じるお光に似ている。わたしはそう思った。

「ねえ、実。いいこと教えてあげようか」

美咲さんは、笑いながら顔を近づけてきた。

「芙蓉さんって、外見も女らしいけど、心もそうなのよ。男じゃなくて女なの。わかる？」

わたしは息を吞んで、美咲さんを見た。そのこと自体は知っている。だが、美咲さんがどうしてそんなことを言い出したかわからなかった。

彼女は下世話なゴシップを話すように、くすくす笑いながら話し続ける。

「だから、あの人、女じゃなくて男が好きなの。知らなかったでしょう」

彼女が酔っていることに、わたしははじめて気がついた。どこかでお酒を飲んできたのだろうか。

ふいに彼女がひどくかわいそうに思えてきて、わたしは言った。

「美咲さんは、そのことを知っていたのですか？」

「ええ、知ってた。紹介されて会って、つきあいはじめたとき告白されたわ。わたしは気持ちも女みたいなもので、女性に恋愛感情を抱くことはできないって、でも、妻になってくれる人が必要だ。もし、それでもいいと知っていて結婚してくれるのならば、わたしのことはできる限り大事にするって」

そのときは、それでもいいと思ったから結婚したのだろう。だが、彼女は恋に落ちてしまった。それも彼と同じ歌舞伎役者に。

彼女は急に笑うのをやめた。

「ねえ、どうして？」

「え？」

「どうして、実はそれを聞いても驚かないの？」

そう尋ねられてわたしは困惑した。言っていいものかどうか、迷う。

「知ってました」

そう言ったとたん、彼女の表情が強ばった。

「そう、知ってたの」

一瞬笑い出しそうな顔になったかと思うと、彼女は顔を歪《ゆが》めた。

「どうして……？」

わたしの肩をつかんで、彼女は激しく揺さぶった。

「どうして、どうしてなの？」

「どうしてって……」

「どうして、あなたにとっての芙蓉さんは、壊れないの？　それを聞いても平気なの？

それでもあの人のことが好きなの？」

彼女は怒りをぶつけるようにわたしを揺さぶり続けた。混乱しながら、わたしはされるがままになる。

「ねえ、答えて！　それを聞いてもあの人のことが好き？」

「好きです、でも……」

それは、あなたが思うような好きじゃない。そう言おうとしたけど声にならなかった。

彼女がわたしにしがみついて泣き出したから。

「ずるい！　どうして、どうしてなの！」

泣きじゃくる彼女を見て、わたしの中で疑惑がひとつ生まれた。

最初は一滴のしずくだったそれは、水面に垂らされた絵の具のように広がっていく。

もしかしたら、わたしは大きな考え違いをしていたのかもしれない。

彼女は、わたしの胸にすがって、泣き続けていた。どうしていいのかわからないまま、

わたしは彼女の肩を抱いた。

その二日後、わたしは逃げるように上総屋の番頭を辞めた。

美咲さんともう会うことはないだろうし、彼女もわたしに会いたいとは思わないだろう。

もともとわたしはただの傍観者だった。傍観者がいなくなっても、物事はまわるもの

だ。

美咲さんがどうなるか、そうして芙蓉さんがこれからどうするかは、いずれ風の噂で聞くだろう。

ずっと、そう思っていた。あのとき、美咲さんから電話がかかってくるまで。

「実、ひさしぶり」

彼女は電話の向こうでくすくすと笑った。まるであの最後の夜のように。

彼女は言った。

「わたし、殺されるかも」

反射的に尋ねた。

「だれに？」

「芙蓉さんに決まっているじゃない」

笑いながら彼女はそう言った。その声はひどく乾いていた。

十一　真実

三日間、今泉とは連絡が取れなかった。

携帯電話の方にかけてみても繋がらず、そうして山本くんも電話に出ない。

わたしは少し不安になる。あの後、なにか進展はあったのだろうか。美咲さんの友人だった女性と連絡は取れたのだろうか。なにか聞き出せたのだろうか。

苛立ちながら、わたしは三日間を過ごした。

連絡が途絶えて四日目の夜、今泉から電話がかかってきた。

「小菊、明日時間あるか？」

今泉はいきなりそう尋ねてきた。

明日は、師匠の親戚が訪ねてくることになっている。身内の集まりだから、わたしは自由にしていいと言われている。

「ああ、大丈夫だけれど、どうして」

「明日、国蔵さんに調査の報告をする」

わたしは息を吞んだ。やはり、今泉は真実へたどりついたのだ。

「だから、小菊もきてくれ」

「でも……」

わたしは戸惑った。やはり、わたしが部外者であることに変わりはない。同席などできないし、だからといって、この前のように隠れて聞くことになるのも、いやだった。

わたしの逡巡《しゅんじゅん》に気づいたらしく、今泉は話を続けた。

「小菊も、もう関わってしまっている。あとでぼくが話してもいいが、やはり身近にいた人間の口から真実を聞いた方がいい」

身近にいた人間とはだれなのだろう。芙蓉のアリバイを証言した弟子たちだろうか。

「でも、国蔵さんに悪くないかい？」

「大丈夫だ。彼にも話してある。彼も、小菊に聞いてもらうことに賛成している。梨園の関係者で、客観的な立場に立てる人間にいてほしいそうだ」

国蔵が同意していると知って、わたしは驚いた。だが、それなら迷う理由はない。

「わかったよ。じゃあ、明日行くよ」

「ああ、一時頃こちらにきてくれ」

わたしは礼を言って電話を切った。

ふいに不安になる。今泉と国蔵がわたしを呼ぼうとするのは、芙蓉がやはり事件に深く関わっているからではないのだろうか。国蔵ひとりで芙蓉を告発すると、個人的な怨《えん》恨《こん》だと思われる。真実をわたしに告げれば、そのまま菊花師匠に伝わることになる。師匠なら、芙蓉を告発しても、まわりから責められない立場にある。

わたしはその思いを振り払った。

眠る美咲さんの顔を思い出したのだ。

たとえだれであれ、彼女をあんなことにした人間は裁かれなくてはならないのだから。


翌日、わたしは重い気持ちを引きずりながら、今泉の事務所へ向かった。

ドアフォンを押して、出てきた山本くんに中に入れてもらう。彼の表情もやはり硬かった。

靴を脱いで気づいた。

ソファにひとりの女性が座っていた。年は美咲さんと同じくらい。少し背の高い、穏やかそうな印象の女性である。どこかで見たことがあるような気がした。

彼女も、わたしを見てまばたきをしている。

数秒後、思い出した。劇場のロビーでときどき見かけたことがある女性だった。たぶん、どこかの役者の事務所の人間だろう。

そこまで思い当たって、わたしは気づく。

だとすれば、彼女が玉置実なのだろう。

わたしは軽く会釈をすると、離れた場所に置いてあるパイプ椅子に座った。やはり、関係者でもないのに、彼女のそばに座るのは気が引けた。

すぐに彼女を思い出さなかったのは、髪型が変わっていたせいだ。以前の彼女は背中に届くような長い髪をしていたのに、今は潔いほど短く切ってしまっている。

ドアフォンが鳴って、山本くんが玄関に向かった。たぶん、中村国蔵がやってきたのだろう。

予想は当たり、国蔵が通されてきた。国蔵は、彼女を見て、驚いたように足を止めた。

「玉置さん……」

彼女は深く頭を下げた。

「おひさしぶりです」

どうやら、国蔵と彼女は顔見知りらしい。

今泉は、軽く咳払いをすると話しはじめた。

「これで、今日集まってもらった全員が揃いました。国蔵さんには、わたしたちが調べたことを聞いていただくためにきていただきました。玉置さんは、重要なことを知る人間として、直接国蔵さんに話していただくために。そうして、そこに座っている瀬川小菊。彼はこの件に直接は関係ないものの、すべてを終結させるためにきてもらいました。理由は国蔵さんがご存じのはずです」

今泉がなにを言っているのか、わたしにはわからなかった。だが、国蔵にはわかったらしい。彼は納得したかのように頷くと、今泉を見た。

「ということは、真実がわかったのですね」

今泉は黙って頷いた。そして言う。

「玉置さん、あなたの知っていることをすべて話してください」

彼女は戸惑ったように目を伏せた。

「なにから話したらいいんでしょうか。なんだかいろんなことがこんがらがっていて……」

今泉は彼女を緊張させないようにか、優しい口調で話しかけた。

「時間がかかってもかまいません。ゆっくりと話してください。遠回りになってもいい。簡潔に話すのが難しいということはわかります」

気持ちを落ち着けるためか、彼女は大きく息を吸った。そうして語りはじめる。

「どこから事件に関係あるのか、わたしにもわからないのです。いつから、美咲さんが闇の中にいたのかわからないから」

「闇？」

そう問うた国蔵に、玉置さんは言った。

「恋路の闇です」

ふいにわたしは、玉手御前の台詞を思い出した。

――恋路の闇に迷うた我が身、道も法も聞く耳持たぬ。

わたしはあわてて尋ねた。

「美咲さんには恋人がいたということかい？　それとも片思いの相手が……」

　玉置さんは頷いた。

「片思いだと彼女は言っていました。彼はわたしのことなど好きになってはくれないだろうから、と」

　だが、たとえ片思いだとしても、芙蓉にとってそれは手ひどい裏切りだと感じられたのではないだろうか。

　唇がひどく乾いている気がして、わたしは出されたお茶を一口含んだ。

「だとすれば、芙蓉さんには動機があるということでは……」

「それは違う」

　ふいに国蔵が言った。玉置さんは驚いたように彼を見た。

「美咲さんにたとえ好きな人がいたとしても、それが芙蓉さんの動機にはならない。なぜなら、彼は……」

　国蔵はなぜか口ごもった。だが、玉置さんには彼の言いたいことがわかったらしい。

「どうして、知っているんですか？」

　玉置さんの質問に、国蔵は苦しげに答えた。

「美咲さんに聞いた。彼女は寂しそうにそう言っていた。夫と自分はただ、表面だけの関係だと。結婚する前に彼に告白されたそうだ。自分は女性は愛せない、と」

　それは意外なことだったのに、わたしはそれほど驚くことはなかった。舞台を降りても、心は女として生きる女形は決して少なくはない。名門の御曹司には数少ないが、中二階の役者なら、そんな人間はいくらでもいる。芙蓉の物腰や雰囲気から考えても、それは決して不自然ではない。

だが、次々出てくる事実に、頭が混乱しそうだ。頭の中で整理しようとして、玉置さんに質問した。

「じゃあ、美咲さんが好きな人っていったいだれなんだい？」

彼女は少し躊躇するように目を伏せ、そして言った。

「芙蓉さんです」

国蔵の指がふるえた。コーヒーカップががちゃりと音をたてた。

聞いた答えのせいで、わたしはよけいに混乱しはじめる。

愛しているのが夫ならば、なぜ、恋路の闇なのか。それはだれ憚《はばか》ることのない恋のはずなのに。

そう考えて、わたしはすぐに思い出す。少し前の国蔵のことばを。

しばらく、だれも口を開かなかった。玉置さんのことばの意味を消化するように、みんな黙りこくっていた。沈黙に耐えかねたように国蔵が口を開いた。

「以前に聞いたことがあります。美咲さんは、昔から芙蓉さんが好きで、憧れていたそうです。結婚の話が出て、舞い上がりたいくらい喜んで、そのときにその告白を聞いたと、わたしには話してくれました」

国蔵は静かにそう語った。そういえば、国蔵は言っていた。野崎村のお光のような娘がいたのだ、と。

——嬉しかったはたった半刻——

「それで、彼女の芙蓉さんへの思いは、決着がついたのだとばかり思っていました」

国蔵は悔やむようにそうつぶやいた。

だが、そうではなかったのだ。そばにいればいるほど思いは募ったのかもしれない。夫という立場にありながら、決して自分を愛してくれない男への思い。

玉置さんは下を向いたまま、話し続けた。

「彼女はわたしに、好きな人の話をしました。つらい胸の内を吐き出したかったのか、それとも、わたしを通して、芙蓉さんに伝わることを望んでいたのかわかりません。わたしは別の人のことだと思っていたから、『なんて人だろう』と思っていました。実を言うと、国蔵さんのことだと思ったこともあります。そう尋ねたら、彼女は否定しませんでした。もしかしたら、そういうふうに気持ちを偽ることで、芙蓉さんが自分に嫉妬してくれるかもしれないと思ったのかもしれません」

国蔵は、黙って玉置さんの話を聞いていた。

彼が、「美咲さんのことが好きだ」と言っていたことを、わたしはふいに思い出した。胸の内は苦しいだろうに、彼はまったく表情には出さなかった。

「彼女の真意に気づいたのは、辞める二日前でした。彼女がいる闇は深くて暗いけど、わたしにはどうすることもできない。そう思って、わたしは上総屋を去りました」

下を向いて話し続けていた彼女が、顔を上げた。

「それから二ヶ月後、美咲さんから電話がかかってきました。『芙蓉さんに殺される』って」

国蔵もはっとしたように身体を強ばらせた。

「その声を聞いてわかりました。わたしが辞める前から、彼女の精神は不安定だったけど、あのころよりもそれはもっと揺らいでいました。狂気すら感じました。わたしはすぐに彼女に会いに行きました」

彼女は話し続ける。

ひさしぶりに会った美咲は、やはり精神の安定を欠いていた。玉置実は、彼女をあやすようにして本心を引き出した。

「彼女は芙蓉さんと心中するつもりだと言いました。わたしはわざと信じていない振りをして、適当に話をして、家を出ました」

それから、彼女は岩井蓉二郎に会いに行った。弟子の中でいちばん親しい人だったし、信用もできると思った。舞台に出ていたから会うのは簡単だった。楽屋や関係者も顔見知りばかりだ。

「彼に真実を話して、相談しました。芙蓉さんを守るか、もしくは美咲さんを止めるかどちらかしなければなりません。わたしたちは結局、芙蓉さんに話すことにしました」

芙蓉は彼女が精神の均衡を欠いていることに気づいていた。以前から、ものを壊したりして感情を爆発させることが多かったという。だが、彼はそれを勘違いしていた。別の人間に恋をしていたせいだと思っていたのだ。

「芙蓉さんは、美咲さんと話してみると言って帰りました。わたしは、不安になって一緒に彼の自宅についていきました。部屋の中に入ると、彼女を逆上させてしまいそうで、庭に隠れていました」

だが、美咲さんは話しながら、彼に飲み物を勧めた。入っていたのは睡眠薬かなにかだったのか、芙蓉さんはいつの間にかソファの上でぐったりとなったという。

「毒を飲まされてしまったんじゃないかと思いました。わたしはあわてて、蓉二郎さんに電話をしました。彼は車ですぐにこちらにきてくれました。美咲さんが二階に上がっている隙《すき》に、わたしと蓉二郎さんは芙蓉さんを車で運び出しました。病院に連れて行こうと思ったけれど、芙蓉さんはすぐに目を覚ましました。だから、蓉二郎さんの自宅に運ぶことにしたんです」

玉置さんは、ぽつりと言った。

「それが、深夜の三時頃でした」

そのあとのことは聞かなくてもわかる。美咲さんはそれから家に火をつけたのだ。彼がいなくなったということには気づかなかったのか。気づいたからこそ絶望したのか。

それは彼女に聞かなければわからない。

「蓉二郎さんはこれからのことを相談するために、近くに住んでいる弟子ふたりを呼び出しました。その時点では、アリバイ工作なんかするつもりではなかった」

だが、ほどなく電話はかかってきた。

岩井芙蓉の自宅は火事、発見された妻は重傷と。

「芙蓉さんは、ひどく動揺していました。こんなことになるとは思っていなかったでしょう。自分が美咲さんをここまで追いつめてしまった、と。わたしと蓉二郎さんが、ふたりで偽証の計画を練りました。幸い、芙蓉さんを運び出すところはだれにも見られてはいません。本当のことを話すことなんて、考えられませんでした」

妻に殺されかけた男。たとえ、警察が芙蓉に疑惑の目を向けず、真実が明らかになっても、それはあまりにもショッキングなスキャンダルだ。

「事故ですむのなら、事故にしておきたい。そう思ったんです」

その気持ちが、わたしには痛いほどわかった。

今泉は、呆然としている国蔵の顔を見た。

「これが、事件の真相です」

「美咲さんは、摂州合邦辻の玉手御前が好きだと言っていました。それをはじめて聞いたときは、道に外れた恋であろうと、思いのままに行動する玉手をうらやんでいるのかと思いました」

玉置さんは、美咲さんを思い出すようにそう語った。

「でも、そうじゃなかった。美咲さんは、玉手の中に自分を見ていたのだと思います。偽りの恋に身を焦がすふりをしながら、彼女が本当に思っていたのは夫だった。本当に欲しかったのは、夫の愛情だった」

わたしはふいに、芙蓉が投げかけた問いを思い出す。

――玉手御前は、俊徳丸のことを本当に愛していたと思いますか？――

――高安左衛門と俊徳は、玉手が死んだ後、どうなったんでしょうね――

美咲さんと同じように、芙蓉も玉手御前に美咲さんを重ねているのだろう。だとすれば、高安左衛門は自分で、俊徳丸は中村国蔵なのだろうか。

美咲さんの枕元には、大きな鮑の貝殻があった。あれは芙蓉が置いたものだろうか。合邦の中で、玉手は俊徳丸への形見として、鮑の貝殻を持ち歩く。

――肌身離さず抱きしめて、いつか鮑の片思い、つれないわいなと御膝に身を投げふして、くどき泣き。

だが、最後になってわかる。その鮑は、俊徳丸ではなく夫への思いを託したものだったのだ。

玉置さんはまた目を伏せた。

「芙蓉さんはあれからずっと、自分を悔やんで責めています。自分のせいで、彼女がこうなってしまったのだと」

それだけではない、とわたしは思った。芙蓉は、美咲さんに「女」を見たのだ。女形が懸命に写そうとした、女の激しさを。

だが、それはあえて口には出さなかった。同じ女形である国蔵には、たぶん言わなくてもわかるだろうから。

国蔵は、ふうっと息を吐いた。部屋に漂っていた緊張感が、それをきっかけに溶けていく気がした。

「そうだったのですか……」

ふいにわたしはあることを思い出して、膝を打った。

「ほら、ブンちゃん！　師匠のところに投げ込まれた怪文書だよ。あれはいったい……」

順当に考えれば、芙蓉の関係者だとは思う。だが、そんなことをしそうな人は思い浮かばない。

今泉はなぜか笑った。

「それなら、もうわかっている。国蔵さん、あなたがやったことでしょう」

国蔵は驚いたように目を見開き、そうして微笑した。

「どうして、おわかりになりましたか？」

「あなたはひどく潔癖だ。小菊が言わないと言っているのに、菊花さんに知られたってかまわないと言い、だれもそんなことは聞いていないのに、美咲さんのことを好きだったと、自分から告白した。そんなあなたが隠れて、芙蓉さんを告発しようとしていることに、良心が堪えられなかったのではないですか。だから、菊花さんにあんな投げ文をした。もし、芙蓉さんに悪い噂が立たなければ、黙殺されるだろうし、悪い噂が立てば、菊花さんが芙蓉さんの味方をしてくれるだろうから」

「やはり、鋭いですね」

国蔵は、目を細めて苦笑する。

「良心が堪えられないというよりもね、じわじわ真綿で首を絞められるような感覚が苦手なんです。それくらいなら、自分で腹をかっさばいて楽になった方がいい。ばれるかどうか不安になるよりは、先に自分で言ってしまおうってなもんでね」

今泉は国蔵をまっすぐ見て言った。

「納得していただけましたか」

今泉の問いかけに、国蔵は頷いた。

「ええ、納得できました。彼女を救えたかもしれないという気持ちに変わりはありませんが、芙蓉さんのせいではないことはわかりました」

彼は、少し躊躇してから、また口を開く。

「安心しました」

国蔵の、芙蓉に対する思いは、ひどく複雑なのだろう。名門に生まれ、自分が好きになった女性を妻としていた。そうして、彼女が愛していたのも芙蓉だった。

だが、だとしても彼は、芙蓉を認めているのだろう。舞台の上で競い合うことで、彼らはより高みへと上っていく。

国蔵はなにかを思い切るように微笑した。

「真実がわかっても同じです。彼女は死んだわけではない。ただ眠っているだけだ。だから、彼女が目覚めるときを待つことにします」

わたしははじめて気づいた。

彼らの物語は「摂州合邦辻」でもなく、幕が下りたわけでもない。ただ、中断されているだけなのだ、と。

いつか、彼女が目覚めたとき、物語はまたはじまる。

終幕――数ヶ月後――

鏡の前でわたしはためいきをついた。

中二階、名題下《なだいした》とはいえ女形である。端役の腰元や仲居でもできるだけきれいに見せるため、化粧に時間をかける。そりゃあ、たまには長屋のおかみさんなどの役もあるから、いつでもとはいかないけれど。

しかし、今月はなんと坊主の役である。つるつるの鬘《かつら》を見ると、憂鬱になる。

それでも、女形の意地、できるだけきれいに見せるため、目元と口元にほんのりと紅を差す。

道成寺の坊主というのが、今月のわたしの役である。大勢で出てきて、「きいたか、きいたか」という台詞を繰り返すので、通称「きいたか坊主」と呼ばれている。

今月の歌舞伎座、昼のキリの演目は、岩井芙蓉と中村国蔵による、「二人道成寺」である。盛りの花の、しかもいろんな面で対照的な女形の競演に、切符の売れ行きもなかなか好調だったと聞く。

今日、初日の幕が開く。

隣では、中村国高が支度をしている。わたしは彼の耳に口を寄せて尋ねた。

「ところで、あのふたり、まだ口をきかないんだって?」

もちろん、道成寺の踊り手ふたりのことである。

国高もにやにやと笑う。

「そう。なんだろうねえ。もう今更変わらないんじゃないかと思うよ」

「そんなことじゃ、また犬猿の仲だとかなんだとか陰口を叩かれ続けるじゃないか」

「インターネットでも、そんな話が出ていたらしいよ。まあ、若旦那はあんまり気にしていないようだがね」

たぶん、彼らには世間の噂など聞こえていない。聞こえたって、気にもしないだろう。

わたしは病院で眠り続ける美咲さんのことを考える。

彼女が目覚めたとき、ふたりの関係は変わるかもしれない。

わたしは坊主の衣装に着替えると、鬘をかぶった。出番は近い。

そういえば、華やかなお囃子《はやし》や、衣装に気を取られそうになるけれども、娘道成寺自体が、安珍清姫を題材にした踊りである。

恋に身を焦がして、蛇になった清姫を、国蔵と芙蓉はどう踊るのだろうか。

「小菊、よく似合うな」

声をかけられて顔を上げると、今泉が楽屋口からこちらをのぞいていた。

憎たらしい男である。後ろで山本くんも手を振っている。

「ブンちゃん、芝居を見にきたんなら、早く客席にお戻り。そろそろ客席のブザーが鳴るよ」

「いや、小菊の坊主姿をぜひ近くで見ようと」

わたしはしっしっと追い払う仕草をした。

「はいはい、わかりましたよ。笑いにきたんだろ」

「そうじゃないですよ。はい、これ、差し入れ」

山本くんが、お重をわたしに差し出した。

「ああ、山本くんは優しいねえ。ブンちゃんにその優しさを半分分けてやってくれ」

「そうなると、山本くんの優しさが半分減るぞ」

今泉がつまらない冗談を言った瞬間、ブザーが鳴った。

「おっと、じゃあ、終わったあと、またくるよ」

「こなくていいよっ！」

笑いながら今泉たちが帰っていくと、わたしは鏡に向かって最後のチェックをした。

芙蓉と国蔵の二人道成寺は、昨日の舞台稽古で見た。

芙蓉はあくまでも可憐でたおやかに、対する国蔵は、妖艶であでやかに同じ振りを踊る。

──花の姿の乱れ髪、思えば思えば恨めしやとて、竜頭《りゅうず》に手をかけ飛ぶよと見えしが、引きかついでぞ、失せにける──

恋を知った喜びから、恋を失った恨みと狂乱まで、ふたりの女形は、ひとりの女の命をかけた恋を描く。

それはひとりで描くよりも、より鮮やかで深みのあるものになるだろう。

たぶん、多くの人は知らない。

けれど、わたしはそこにひとりの女性を見る。

もし歌舞伎が好きでなかったら――あとがきにかえて

二〇〇四年二月、わたしはひさしぶりに、「歌舞伎を観る」という目的のためだけに上京した。演目は、「三人吉三巴白浪《さんにんきちさともえのしらなみ》」。坂東玉三郎のお嬢吉三、片岡仁左衛門のお坊吉三、市川団十郎の和尚吉三という珍しい配役だった。

大学生の頃から二十代半ばくらいまで、わたしは三ヶ月に一度くらい、歌舞伎を観るためだけに、東京に通っていた。

当時は、お金もなく、時間だけが有り余っているような状態だったので、深夜バスで上京し、続けて昼夜の部を観て、そのまま深夜バスで帰ることが多かった。たまに泊まれば、次の日は国立劇場に向かって、別の演目を観るといった具合である。

歌舞伎を観るために新幹線の車内販売のアルバイトをしたことさえある。

現在はシステムが変わっているかもしれないが、当時、そのアルバイトは、行きの新幹線と帰りの新幹線がセットになっていて、一日一往復するのが普通だった。その中で、行きと帰りの列車に、待ち時間があるものがあるのだ。四時間くらいの待ち時間があれば、歌舞伎座に行って一幕見《ひとまくみ》で一幕くらいは観られる。

若くて、体力があったとはいえ、今ではとても考えられない元気さだ。

歌舞伎に興味を惹かれたのは、十代後半のことだ。

それまでも、見る機会は何度かあったけれど、それほど強く惹かれるものはなかった。高校生の頃、歌舞伎鑑賞教室で見せられた「俊寛《しゅんかん》」は退屈なだけだった。

きっかけは、本で見た「桜姫東 文章《さくらひめあずまぶんしょう》」のあらすじだった。

桜姫というひとりのお姫様が、自分を犯した悪党の釣鐘権助に惚れ、その男の妻となり廓に売り飛ばされる。姫の前世は、白菊丸という小姓で、清玄という僧と恋仲だった。清玄は、姫のために身を持ち崩し、殺されて、桜姫のところに幽霊となって出る。清玄の幽霊に、権助が自分の親の敵だと聞いた桜姫は、権助を殺して、家を再建し、そうして、最後には元のお姫様の姿に戻るのだ。

それは、わたしが今まで知っていた、どんな物語とも違っていた。

教訓くささなど、わずかもなく、禍々《まがまが》しいのにきらびやかで、そうして官能的だった。

こんな物語など、ほかには知らない。

あらすじだけでなく、脚本を読んでみてもっと驚いた。あらすじ以上に、台詞のひとつひとつが魅力的だった。女郎になった桜姫は、遊女ことばと姫ことばを、ごちゃ混ぜにして使う。そこには、売られた女の悲惨さなどなかった。運命の悲惨さなど、踏みつぶしてしまうほど、その女はふてぶてしく強かった。

それからしばらくの間、わたしは図書館で、歌舞伎の脚本を読み、写真集を眺めた。

当時、関西での歌舞伎公演は今よりもずっと少なく、観る機会は三ヶ月ほど先の南座の顔見世までなかった。

「桜姫東文章」という芝居の特異さ、インモラルさは、歌舞伎というより鶴屋南北の特性だということは、すぐにわかった。だが、それ以外にも、観てみたいと思うものはたくさん見つかった。

「三人吉三」もそのひとつだった。吉三という名前の三人の盗賊。そのうちのひとりが、お嬢吉三と言われる女装の盗賊だなんて、あまりにもかっこよすぎるではないか。

伝統芸能なんて、堅くて退屈なものだとばかり思っていたのに、そこにあったのは、現代の物語よりも、粋《いき》で奔放で官能的な物語ばかりだった。

もちろん、中には忠臣蔵のような、忠義や正義を主題にした堅い話もある。だが、「仮名手本忠臣蔵」の五段目にも、斧定九郎《おのさだくろう》という男が出てくる。

おかるの父、与一兵衛を殺し、すぐに勘平に鉄砲で撃ち殺されるという、短い出番の役にもかかわらず、この役は人気役者によって演じられる。

月代《さかやき》をのばし、黒い紋付きの着流しに、朱鞘《しゅざや》の大小という出で立ちは、今の感覚で観ても、粋でかっこいい。まさに悪の魅力である。

また、歌舞伎には、「殺し場」ということばがある。

「夏祭浪花鑑《なつまつりなにわかがみ》」での舅《しゅうと》殺しや、「御所五郎蔵《ごしょのごろぞう》」での時鳥《ほととぎす》殺しなど、凄惨な殺人を、優美なほど美しく演出して見せる場面である。

歌舞伎だから、血が飛び散ったり、金切り声があがることはない。あくまでも踊るようにゆったりと、刀を振り、血の滲む衣を見せるだけだ。だが、間違いなくそれは殺しの場面なのだ。それを「美」として演出し、観客もそれを楽しむ。とても不思議だと思った。

なによりも魅力的だったのは歌舞伎の中の女性たちだった。

桜姫だけではない。好きな男を追って、迷宮のような屋敷に迷い込む「妹背山」のお三輪《みわ》や、出刃を片手に胸の空くような啖呵《たんか》を切る土手のお六や、切られお富。義理の息子に偽りの恋を仕掛ける玉手御前に、わたしは魅了された。

知れば知るほど、歌舞伎の世界は、鮮烈だった。それは、伝統芸能などということばからイメージしていた、ナフタリンの匂いがするような古くさいものではなかった。長い年月を経ても、なお美しい異形のものだ。

その後、実際に舞台を観るようになってからも、その印象は変わらなかった。生身の役者さんたちは、皆魅力的で、脚本などを読む限り退屈そうに思えたものさえ、おもしろく感じるようになった。

ひとつの役も、別の役者が演じれば、それだけでまったく違うものになる。

はっきりと覚えているのは、ちょうど同じ月に別の劇場で、「絵本太功記《えほんたいこうき》」の十段目を見たことである。その演目には、十次郎という美少年が出てくる。十次郎を演じたのは、一方はまだ二十代で美形の若手役者で、もう一方では六十を越したベテランだった。

驚いたことに、わたしの目には、後者の方が美少年に見えたのだ。もちろん、外見は前者の方が美しかった。だが、立ち居振る舞いや、姿から漂う気品はベテラン役者の十次郎にはかなわない。わたしだけではなく一緒に観た友人たちも、そう言っていた。
芸の奥深さを知った一件だ。

ちょうど、それと前後してミステリを読むようになったわたしは、二十代のはじめに一本の小説を書いた。いろいろなことがあって、自分の身体の中にどろどろとしたものが蓄積していて、それに押し流されそうになっていた時期だった。

歌舞伎が、決められたお約束の中で、無秩序ともいえるほどの奔放さを見せるように、わたしも本格ミステリの孤島ものというお約束の中で、感情を吐き出してみたいと思った。

その小説が「凍《こご》える島」だった。だれかに読んでもらいたい。少しでも、読んだ人の反応がもらえればうれしい。そんな気持ちで、鮎川哲也賞へと送った小説は、賞をいただいて、本になることになった。

もちろん、うれしかったのは事実だけど、それ以上に「どうしよう」という気持ちの方が強かった。おだてられて屋根に上ったら、ひょいとハシゴを外されてしまったような気分だった。

「凍える島」以前に小説など書いたことがなかったから、引き出しなどなにもない。必死で書き始めた二作目は、全然うまくいかない。ようやく書き上げて担当編集者に渡しても、どうしても納得できない。

半分、パニックを起こしかけていたとき、ふと気が付いた。

歌舞伎の世界ならば、書けるのではないか、と。

大学の卒論も河竹黙阿弥についてだった。ゼミの教授からも、歌舞伎の研究を続けるようにと薦められていたこともあって、文献は集めていたし、なによりも好きな世界だ。歌舞伎のことなら、いくらでも書けると思った。

そうして書き上げたのが、「ねむりねずみ」だ。二ヶ月足らずで書き上げ、その前書いていた二作目と取り替えてもらう形で、それを編集者に渡した（ちなみに、その二作目は、全面改稿の後、「ガーデン」という形になった）。

「ねむりねずみ」を書き上げた後、わたしはやっと、「これからも小説を書いていけるかもしれない」と思った。

それから十年の月日が流れ、わたしは今までに、この「二人道成寺」を含めて、四本の歌舞伎に関する小説を書いた。それ以外にも歌舞伎役者が出てくる江戸ものの捕物帖も書いた。

当時は少なかった関西での歌舞伎公演も、上方歌舞伎を復興させようとする役者さんたちの努力が実って、ずいぶん多くなった。関西にいても、充分歌舞伎を楽しむことができるようになったのだ。

ひさしぶりの歌舞伎座で、わたしは三人吉三を堪能した。

玉三郎のお嬢は、初役の固さはあれども、まるで人間ではない生き物のように妖しく美しく、仁左衛門のお坊は凜々しく涼やかで、このふたりが絡むと舞台はたちまち淫蕩な気配に包まれた。団十郎の和尚も、風格を感じさせてくれた。

もし、歌舞伎を好きでなかったら、わたしは小説を書き続けることができなかったかもしれない。

好きなことは仕事にするものではないと、よく聞くけれど、わたしは未だに歌舞伎が好きだ。

角川文庫版あとがき

二〇一八年はわたしにとって、作家生活二十五年目の年だ。

十周年より、二十周年より、二十五周年が感慨深いのは、四半世紀という区切りというだけではなく、わたしが二十四歳のとき、作家としてデビューしたからだ。

つまり二十五年目から、わたしは小説家ではなかった時間よりも、小説家として生きてきた時間の方が長くなってしまう。

その節目の年に、十四年前に書いた『二人《ににん》道成寺』を再び文庫として刊行してもらえることになった。本が書店に並ぶ期間は、どんどん短くなり、多くの本が品切れになっていく中、この小説がもっと多くの読者の方に届くことは、なによりの幸せだ。

読み返せば、今のわたしならばこう書かないと思うことがたくさんある。

具体的に言えば、LGBTの登場人物への言及は、今ならもっと直截《ちよくせつ》的で自然なものにするだろう。ほのめかすような書き方になったのは、十四年前に書いた作品だからだ。一箇所だけ直せば、バランスが崩れるような気もして、そのままにしてしまった。

不思議なことに、十代、二十代の自分がなにを考えていたのかははっきりと思い出せるのに、三十代の自分がなにを考えていたのかはあまり思い出せない。ただ、不安で無我夢中だったのだと思う。

それでも、これを書いているわたしと文通をするような気持ちで、再文庫化の作業をした。

「四十代後半は、これまででいちばん楽しいよ」とか「ワンピースが歌舞伎になっているよ」「仁左衛門さんはいまだにものすごくかっこいいよ」などと伝えたら、三十代のわたしはどう思うだろう。

知りたくないこともたくさんある。あの人とあの人とあの人が、もうこの世にいないなんて、今でもどこか信じられない。考えるだけで胸が詰まる。

歌舞伎座は新しく建て替えられ、南座は今改修の工事をしている。そして、あの頃にまだ初々しかった若手役者たちは、堂々たる姿を見せてくれている。あの頃には名前も知らなかった花形役者たちがたくさん舞台に立っている。

小説は書き終えたあと、時を止める。作者がその続きを書かない限り。

だから、この小説のその後がどうなったかなどは、わたしもわからない。

ただ、役者たちは、今も舞台に立ち続けていると思う。

わたしは、内側がほの赤い百合《ゆり》の花を見るたび、この本のことを少し思い出す。

近藤　史恵

本書は二〇〇七年三月、文春文庫より刊行されました。

二人道成寺《ににんどうじょうじ》

近藤史恵《こんどうふみえ》

平成30年 1月25日　初版発行
令和6年 12月15日　5版発行

発行者●山下直久

発行●株式会社KADOKAWA
〒102-8177　東京都千代田区富士見2-13-3
電話　0570-002-301(ナビダイヤル)

角川文庫 20733

印刷所●株式会社KADOKAWA
製本所●株式会社KADOKAWA

表紙画●和田三造

ISBN978-4-04-106264-7　C0193

角川文庫発刊に際して

角川源義

第二次世界大戦の敗北は、軍事力の敗北であった以上に、私たちの若い文化力の敗退であった。私たちの文化が戦争に対して如何に無力であり、単なるあだ花に過ぎなかったかを、私たちは身を以て体験し痛感した。西洋近代文化の摂取にとって、明治以後八十年の歳月は決して短かすぎたとは言えない。にもかかわらず、近代文化の伝統を確立し、自由な批判と柔軟な良識に富む文化層として自らを形成することに私たちは失敗して来た。そしてこれは、各層への文化の普及滲透を任務とする出版人の責任でもあった。

一九四五年以来、私たちは再び振出しに戻り、第一歩から踏み出すことを余儀なくされた。これは大きな不幸ではあるが、反面、これまでの混沌・未熟・歪曲の中にあった我が国の文化に秩序と確たる基礎を齎らすためには絶好の機会でもある。角川書店は、このような祖国の文化的危機にあたり、微力をも顧みず再建の礎石たるべき抱負と決意とをもって出発したが、ここに創立以来の念願を果すべく角川文庫を発刊する。これまで刊行されたあらゆる全集叢書文庫類の長所と短所とを検討し、古今東西の不朽の典籍を、良心的編集のもとに、廉価に、そして書架にふさわしい美本として、多くのひとびとに提供しようとする。しかし私たちは徒らに百科全書的な知識のジレッタントを作ることを目的とせず、あくまで祖国の文化に秩序と再建への道を示し、この文庫を角川書店の栄ある事業として、今後永久に継続発展せしめ、学芸と教養との殿堂として大成せんことを期したい。多くの読書子の愛情ある忠言と支持とによって、この希望と抱負とを完遂せしめられんことを願う。

一九四九年五月三日

角川文庫ベストセラー

ホテルジューシー　坂木　司

天下無敵のしっかり女子、ヒロちゃんが沖縄の超アバウトなゲストハウスにて繰り広げる奮闘と出会いと笑いと涙と、ちょっぴりドキドキの日々。南風が運ぶ大共感の日常ミステリ!!

大きな音が聞こえるか　坂木　司

退屈な毎日を持て余していた高1の泳は、終わらない波・ポロロッカの存在を知ってアマゾン行きを決める。たくさんの人や出来事に出会いぶつかりながら、泳は少しずつ成長していき……胸が熱くなる青春小説!

クローズド・ノート　雫井脩介

自室のクローゼットで見つけたノート。それが開かれたとき、私の日常は大きく変わりはじめる——。『犯人に告ぐ』の俊英が贈る、切なく温かい、運命的なラブ・ストーリー!

つばさものがたり　雫井脩介

パティシエールの小麦は、ケーキ屋を開くため故郷に戻ってきた。だが小麦の店を見て甥の叶夢は「はやらないよ」と断言する。叶夢の友達の「天使」がそう言っているらしいのだが……感涙必至の家族小説。

夢のカルテ　高野和明／阪上仁志

毎夜の悪夢に苦しめられている麻生刑事は、来生夢衣というカウンセラーと出会う。やがて麻生は夢衣に特殊な力があることを知る。彼女は他人の夢の中に入ることができるのだ——。感動の連作ミステリ。